KB265019

나는 보여준다
고로 성장한다

나는 보여준다 고로 성장한다

초판 1쇄 인쇄_ 2013년 6월 20일 | **초판 1쇄 발행_** 2013년 6월 25일
지은이_ 미래별(미래의 별들의 모임) | **펴낸이_** 진성옥 · 오광수 | **펴낸곳_** 꿈과희망
디자인 · 편집_ 김창숙, 박희진 | **마케팅_** 최대현, 김진용
주소_ 서울시 용산구 갈월동 101-49 고려에이트리움 713
전화_ 02)2681-2832 | **팩스_** 02)943-0935 | **출판등록_** 제1-3077호
http://www.dreamnhope.com| e-mail_ jinsungok@empal.com
ISBN_ 978-89-94648-43-9   43810
※ 책 값은 뒤표지에 있습니다.
ⓒPrinted in Korea. | ※ 잘못된 책은 바꾸어 드립니다.

나는 보여준다 고로 성장한다

미래별 (미래의 별들의 모임) 지음

꿈과 희망

책을 펴내며…

2012년 겨울.

경구중학교의 '미래의 별들의 모임'(미래별)의 세 번째 책이 만들어졌다. 무엇을 어떻게 시작해야 할까 막막했던 교사와 무엇을 어떻게 써야 할지 몰라 힘들어하던 아이들이 서로 만나 책쓰기를 시작한 것이 엊그제 같은데 벌써 햇수로 삼 년이 된 것이다.

한 명, 한 명의 아이들은 자신들의 마음속에 담아 두었던 이야기를 밖으로 꺼내 글로 표현한다는 사실 자체만으로도 이미 설렘보다 두려움이 큰 모습을 보이곤 했었다.

그래서 책쓰기반 구성은 늘 어려웠지만 이번에는 더욱 힘들었다. 올해 새로이 학교에 디베이트 동아리가 만들어지며 이러저러한 학교 사정상 작년에 함께 작업을 한 학생들을 대거 디베이트 동아리로 보낼 수밖에 없었고, 결국 작년에 함께 작업을 하였던 학생들 중 올해 다시 참여할 수 있는 학생은 세 명에 지나지 않았다.

또다시 원점에서 시작해야 되는 작업.

보내는 것에 익숙해져 있었다고 생각했지만 다시 처음, 다시 처음으로 쳇바퀴 돌듯 돌아가야 하는 상황에 조금 지쳤나 생각할 때, 아이들과 나에게 구원의 손길처럼 다가오신 분이 계셨다.

올해 처음으로 우리 학교가 대봉도서관과 MOU를 체결하면서 여러 사업을 지원받게 되었는데 그 중 하나가 책쓰기 선생님의 강의 지원이었던 것이다. 최혜령 선생님은 그렇게 우리에게 왔고 우리의 마음속, 누군가를 보내고 난 자리는 그렇게 또 다른 만남으로 채워지고 있었다.

최혜령 선생님과의 만남 덕분에 공동 창작 작업을 시도해 볼 수 있었고 아이들은 머리를 맞대고 서로 소통하며 책을 쓰기 시작하였다. 물론 글을 써가는 과정에서 의견이 맞지 않고 생각만큼 분량을 써내지 못해 스스로 미안한 마음에 친구들과 소소한 다툼도 있었지만 이 모든 것은 함께 만들어내고 완성된 결과를 보는 기쁨으로 보상이 되리라……

책쓰기를 통해 조금씩 자신을 찾아가고, 조금씩 주변을 돌아보며, 서로에게 배려하는 마음도 함께 배워가는 아이들의 모습에서 더 크게 성장해 있을 그들의 미래가 겹쳐 보인다. 우리 미래별도 더불어 내년에도 내후년에도 더욱 크게 성장할 수 있기를 기대해 본다.

아울러 아이들의 보석 같은 이야기들을 세상 밖으로 꺼내 주고, 더 아름답게 빛날 수 있도록 끝까지 애써 주신 최혜령 선생님께 진심으로 감사드린다.

배현주

프롤로그

태어나서 처음으로 간 남자 중학교.

남녀공학과는 달리 투박스러움이 곳곳에 묻어 있긴 했지만 처음 만나는 아이들의 눈에는 기대가 가득했다.

저 기대 속에 무엇을 채워줄까 생각하며 먼저 자신을 바라보도록 화제를 던졌다. 모두들 자신도 생각해 보지 않았던 자신의 모습을 발견하기도 하고 다른 친구들도 같은 생각을 하고 있다는 점에 신기해 했다.

책쓰기를 그저 문집 만들기 정도로만 생각하고 있던 아이들은 친구들과 힘을 모아 하나의 스토리를 만든다는 사실에 마냥 들떠 있었다.

책쓰기란 무엇일까?

책쓰기는 나를 찾아가는 과정이라고 정의하고 싶다.

책을 쓰려고 하면 먼저 나에 대해 생각해 보아야 한다.

나는 어떤 사람인지, 무엇을 좋아하는지,

무엇을 잘하는지 알아야 어떤 책을 쓸지가 나오기 때문이다.

"도무지 무엇으로 책을 써야 할지 모르겠어요."

하던 학생들이 이제 자신이 정한 테마에 알맞은 스토리를 만들어내느라 마음이 바쁘다.

하루가 48시간이어도 모자란 요즘 아이들이지만 자신의 책이 나오면 읽어 줄 독자를 생각하며 오늘의 수고를 즐긴다. 책을 완성하고 나면 아이들은 또다시 자신이 참 대견한 일을 해냈음에 으쓱해질 것이다. 혼자서 구상하고 글을 쓰는 일이 아닌 함께 이야기를 만들어가는 집단 스토리텔링 책쓰기를 통해 또 다른 경험을 할 것이다.

그리고 다시 꿈꾸게 될 것이다.

다음에는 혼자서 책 한 권을 완성해 보겠노라고.

그러면서 점점 자신을 알아가고 자신의 꿈에 다가서게 될 것이다.

나는 지금

이제 막 날개를 펼치려는 열 마리의 새떼를 바라본다.

이미 그들은 날기를 꿈꾸었다.

아직은 어디로 날아야 할지, 어디서 날아올라야 할지 몰라 주변을 두리번거리지만 멀지 않아 멋진 날갯짓을 할 것임을 믿는다.

그날을 위한 준비에 작은 힘을 보탤 수 있는 오늘이 있어 감사하고 행복하다.

青先 최혜령

마이애미
주의 비극

보낼 수
없는 편지

마이애미 주의 비극

'갱이라면? 갱도 집단으로 구역이 있겠지. 하지만 저렇게 뿔뿔이 흩어진 갱은 없어. 다른 갱과의 분쟁이 있을 때 지원이 안 되니까. 그렇다고 갱이라고 하기도 어려워. 체이탁 같은 경우 갱에겐 그렇게 경제적으로 여유롭지 않지. 고가의 총기류를 쓴다면 대규모의 조직인 건 확실해. D란 글자가 그 조직의 상징이라고 해도, 조직의 안전을 위해서는 대규모일수록 비밀이 많아서 잘 찾을 수 없을 거야. 내가 조직이라면 그렇게 했을 거야.'

에드워드의 머리가 복잡해졌다. 그가 조사하고 있는 것이 시간만 낭비하는 것 같았다.

| 차례 |

사람들은 종종 "노력하면 꿈은 이루어진다."라고 말합니다. 책쓰기반에 들어오면서 제 꿈은 책을 완성하는 것이 되었습니다. 처음에는 제가 이런 책을 쓸 때가 있구나라는 생각이 들었습니다. 저는 남자지만 꼼꼼한 편인데 이런 특성을 살려 비록 소질이 없을지라도 하나의 꿈인 책을 완성시키기 위해 최선을 다해 노력하겠습니다. 제가 이 꿈을 이룰 때까지 지켜봐 주십시오.

– 두 친구 파트 이상호

저는 자라입니다. 뭐든지 물면 끝을 보는 자라처럼 한 번 시작한 일은 끝을 보는 성격입니다.
저는 이온음료입니다. 운동을 하고 힘들 때 체력을 보충해 주는 이온음료처럼 사람들에게 활력을 주는 사람입니다.

– 핏자국 파트 김유민

안녕하세요. 저는 은한이의 하나밖에 없는 형입니다.
은한이가 벌써 15살이네요. 가끔 작은 일에 화내기도 하지만 지금은 많이 고친 편입니다. 은한이가 좋아하는 취미는 배드민턴입니다. 예전부터 하던 거라 꽤 잘합니다. 비록 체력은 좀 약하지만 실력은 좋습니다.
형인 제가 보아도 놀라운 은한이의 성격은 한번 꽂히면 꼭 끝을 보는 것입니다. 예전에 은한이가 수학문제를 풀고 있는 것을 봤는데, 은한이 수준에는 어려운 문제가 나와서 못 풀고 있었습니다. 제가 은한이보고 그 문제는 넘어가고 다음 문제를 풀라고 했습니다. 그런데 고집을 계속 피우더니 결국에는 그 문제를 풀어내더군요. 시간을 재보니 거의 30분이 걸렸습니다. 이런 모습을 보며 전 동생이 크면 꼭 자신이 세운 목표를 성취하는 사람이 되고 끈기 있는 사람이 될 거라 믿습니다. 이런 든든한 동생이 있어 저도 꼭 제 꿈을 이뤄 훌륭한 사람이 되어야겠다고 자극을 받는답니다. 우리 형제가 꼭 꿈을 이루도록 지켜봐 주세요.

– 손수건 파트 제은한

어질러진 방 안에는 코난과 장미라는 앵무새 두 마리가 있는 새장이 있었다. 앵무새들은 먹이통에 든 모이를 먹고 물을 마시면서 주인을 기다렸다.

해가 질 무렵 그들 앞에 한 요정이 나타났다. 그 요정이 말했다.

"너희들에게 생각을 말로 할 수 있는 마법을 걸어줄게."

잠시 후 놀라운 일이 벌어졌다. 코난과 장미의 성대가 인간의 성대처럼 변하면서 자신의 생각을 말로 할 수 있게 되었다. 앵무새들이 평소 따라하던 말을 하면서 신기해 할 때 주인이 문을 열고 들어왔다.

주인은 170cm 정도의 키에 안경을 쓴 모범생 같은 인물이었다. 주인은 책가방을 툭 던지고는 새장에 다가갔다. 그리고 새로운 앵무새를 새장 안 횟대에 살포시 놓았다. 그러고는 가방을 챙기고 학원으로 갔다. 새로 온 앵무새의 이름은 미란이었다. 미란이가 코난과 장미에게 말했다.

"안녕, 만나서 반가워."

코난과 장미도 반갑게 인사를 했다. 장미가 물었다.

"너희 주인님 어떤 분이셔?"

"우리 주인님은 중학생이고, 주인님의 이름은 이창혁이야. 주인님은 아주 집중력

이 좋아, 오래 무언가를 하는 성격이 아니어서 단시간에 집중해서 빨리하려고 노력하는 분이시지. 그리고 자동차, 비행기를 좋아해. 그래서 매일 탑기어라는 자동차 잡지를 봐. 주인님의 꿈도 이런 기계를 다루고 만드는 공학자야. 마지막으로 주인님은 새로운 것을 배우는 걸 매우 좋아해. 한 분야를 계속 파는 것은 질려 하시고 다양한 것들을 많이 접하고 새로운 것을 익히는 것을 좋아하셔. 이 정도면 우리 주인님에 대해서 알겠어?"

"그렇구나. 우리 주인님이 그런 분이셨군."

"너 이름이 미란이랬지?"

"어."

"그 이름은 명탐정 코난이라는 만화에 나오는 인물의 이름이야. 주인공님은 추리와 관련된 추리소설, 만화를 즐겨 보는 편이라서 우리 이름도 너의 이름도 마찬가지로 추리와 관련된 이름으로 했지."

"그래서 내가 미란이라는 이름을 가졌구나!"

"그래."

"앞으로 잘해 보자. 점점 더 지켜보면 주인님을 더 잘 알게 될 거야. 매우 재미있는 분이셔."

"그래 코난, 장미야."

앵무새들이 말을 주고 받는 사이 시간은 훌쩍 지났다. 요정의 마법은 오늘 밤 12시까지였다. 자정이 지나고 그들의 마법은 풀렸다. 앵무새들은 평소의 삶으로 돌아갔다.

– 살인 파트 이창혁

인간은 개개인의 관심이 있고, 그걸 존중해 줘야 한다.

초등학교 저학년에서 공부라는 것에만 얽매여 내가 좋아하는 것들을 제대로 해본

적이 없다. 뭔가 해보려고 시도를 하면, 그 즉시 선생님들은 막았다. 저학년이라 나는 아무것도 모르고 그냥 따라가기만 했다. 5학년이 되고서야 그것을 깨닫고 다시 내가 하고 싶은 것을 하려고 했다. 하지만 그것을 또 막기도 했다. 나는 선생님께 대들어가면서 그것을 하려고 노력했다. 하지만 그것은 부질없는 짓이었다. 수행평가 점수에 감점만 쌓일 뿐이었다. 초등학교 6학년 때는 선생님의 허락 하에, 내가 관심 있는 것을 하려고 했다. 그래도 내 호기심의 욕구는 채우지 못했다.

그렇게 어영부영하면서 중학교에 들어온 후, 나는 내가 하고 싶은 것을 할 수 있었다. 그리고 지금 추리소설을 쓰는 것, 그것도 내가 좋아하는 일 중의 하나다. 창의력재량활동, 즉 동아리활동으로 인하여, 내가 관심 있고 좋아하는 것을 마음껏 펼칠 수 있어서, 조금 더 성장했다는 느낌도 들게 되었다. 그런 경험을 할 수 있게 해준 매개체, 그것이 '책쓰기'이다.

– 예언 파트 배준형

붉은 달

사이

_ 함께 쓰기

달빛이 비치는 큰 도로가에 세 대의 검정색 벤이 '시카고 주점'에 멈췄다. 검정색 정장을 입은 여러 명의 보디가드가 서로 똑같은 가방을 들고 한꺼번에 내렸다. 주위를 두리번거리더니, 한 남자가 중앙 벤의 문을 열었다. 그러자 조금 칙칙한 회색 정장에, 긴 양담배를 문 남자가 내리고 주위의 몇 명과 함께 그곳으로 들어갔다. 등이 훤히 보이는 드레스를 입은 가수가 마이크를 들고 매혹적인 노래를 부르고 있어, 손님들은 넋을 잃은 듯 그녀를 쳐다보았다. 노래가 끝나자, 모두 하나같이 술을 마시며 이야기를 나누기도 했다.

칙칙한 회색 정장을 입은 사람은 무심코 땅만 보며 지나쳤다. 앞에 덩치가 큰 남자 한 명이 길을 막고 있자, 그 자의 옆 보디가드가 남자에게 귓속말을 했다. 남자는 회색 옷을 입은 자에게 깍듯이 인사를 하고 길을 텄다. 삐걱거리는 계단이 셀 수 없을 정도로 많은 나선형의 계단이 나왔다.

내려가다가 계속 삐걱거리는 소리는 그 사람들의 귀를 성가시게 했지만 어쩔 수 없었다.

계단을 모두 내려오자, 앞의 문지기가 깍듯이 인사를 하고, 매끈한 철로 된 문을 열었다. 그러자 검은 정장을 입은 사람들이 마치 개미떼처럼 많았다. 앞에는 밝게 윤기 나는 흰색 의자가 있었고, 그 옆에는 남색 정장을 입은 남자 한 명이 앉아 있었다. 모든 사람들이 회색 정장을 입은 그에게 깍듯이 인사했다. 그는 곧장 의자가 있는 곳으로 걸어갔다. 의자에 앉자, 모든 사람은 인사를 끝냈다.

"오셨습니까, 보스."

옆에 있던 남색 정장을 입은 사나이가 말을 했다.

"무엇 때문에 날 부른 건가?"

"저희 일원 중에 배신한 이들이 있습니다."

“뭐야?”

보스가 부보스를 보고 소리를 질렀다.

“이것들이 나의 은혜를 저버리다니, 우리 조직에서 배신하면 어떻게 된다고 했지?”

“그건….”

부보스가 말을 잇지 못했다. 고개를 푹 숙이며 한숨을 내쉬었다.

“왜? 설마 잊은 건 아니겠지.”

“주……, 죽음입니다.”

부보스가 말을 더듬거렸다. 왠지 힘이 없어 보였지만, 보스는 고개를 홱 돌려 버렸다.

“공개처형이잖나, 뭐 상관은 없다만…. 이번은 공개처형은 안 된다. 요즈음 짭새들의 감시가 심해졌어.”

“네?”

부보스가 갑자기 고개를 들었다. 그의 눈은 마치 찢어질 것같이 커졌다.

“그렇다는 말씀은….”

“그 자리에서 모두 처리해 버려.”

부보스는 입이 쩍 벌어졌다. 무언가 심상치 않아 보였다.

“보스, 경찰들은 저희 아이들이 처리하겠습니다. 다시 한 번 생각해 보심이….”

“듣기 싫다!”

부보스가 급한 마음에 보스를 설득해 보려 했지만, 보스의 눈살은 더욱 찌푸려졌다.

“배신한 이들이 많아진 건, 자네가 아이들을 간수하지 못해서잖아! 무슨 말이 그렇게 많아!”

“죄송합니다.”

부보스는 할 말이 없어졌다. 그는 다시 힘이 없어졌다.

"알겠습니다. 그럼 저희 아이들을 시켜……."

"아니, 내 부하들을 시키겠어, 자네는 이제 못 믿겠다!"

부보스는 풀이 죽었다. 보스와 부보스 앞의 많은 부하들은 아무 말도 하지 못하고, 묵묵히 땅만 바라보고 있었다.

"사냥을 시작한다!"

찬란한 해가 뜨고 아침이 되었다. 마이애미 주 경찰서에는 평온한 하루를 보내고 있었다.

"날씨는 지지리 맑기만 하군."

의자에 앉아 있던 마이애미 주 경찰서의 경감 중 한 명인 켈빈 경감이 말했다.

"매일 음주운전에 말다툼에, 사건도 아닌 사건을 맡으니까 정말 지겹기만 한데, 뭔가 큰 사건이 일어났으면 좋겠군."

"경감님이 그런 말씀 하시면 되겠습니까?"

인기척이 나지 않는 바람에 켈빈 경감은 그만 의자에서 떨어졌다. 경감은 허리를 잡으며 끙끙 앓다가 간신히 일어났다.

"조지 형사, 제발 들어올 땐 노크 좀 하시게."

조지 형사. 마이애미 주 경찰서의 총기와 살인무기류 담당을 한다. 스페인어와 불어를 능통하게 다룰 줄 알았다. 예의바르기로 소문난 조지 형사가 웬일로 노크를 하지 않았다.

"하하하, 죄송합니다. 경감님의 동태도 살피는 게 제 임무라서요."

켈빈 경감은 얼굴을 찌푸렸다.

"자네, 내가 내준 서류, 다 체크했나?"

"아이고, 그 많은 서류를 어떻게 저 혼자 하겠습니까? 알렉스 형사님과 에릭 형사님이 도와주시긴 합니다만."

"그래…."

"그건 그렇고, 왜 아까 그런 말씀을 하신 겁니까? 경감님답지 않으십니다."

"아니, 사건 같지도 않은 걸 자꾸 봐달라 해서… 나도 좀 큰 사건 맡아보고 싶단 말이야."

그는 도리어 짜증을 냈다. 하긴, 마이애미 주 경찰서에 켈빈 경감이 온 이후로는 큰 사건이 없었다.

그때 문이 쾅 하며 닫히는 소리가 들렸다. 누군가가 허겁지겁 달려와 켈빈 경감의 책상을 내리쳤다.

"경감님!"

"어, 에릭 형사님 서류 다 체크하셨나요?"

조지 형사가 에릭 어깨를 국국 찌르며 말했다.

"지금 그게 문제가 아니야. 사건이 터졌습니다."

"오, 그래. 어떤 사건인가?"

경감이 들뜬 목소리로 물었다.

"살인 사건…."

"그렇지! 내게 이런 기회가 오다니, 당장 시작합세!"

경감은 형사의 말이 끝나기도 전에 감탄을 했다.

"아참. 사람들에게 알리게. 이 사건은 내가 맡겠다고."

"그러죠."

조지 형사가 가볍게 말했다.

"장소는 어디인가?"

"expy 836거리 근처라고 합니다. 얼른 가시죠."

"그래. 조지하고도 같이 가지."

경감이 자리를 뜨며 알렉스에게 말했다.

켈빈 경감과 그의 일행들 모두 사건 현장으로 출동했다.

도착해 보니, 한 남자가 죽어 있었고 그의 머리에는 온통 피로 물들어 있었다. 경감은 파란색 고무장갑을 끼고, 시체를 이리저리 둘러보았다. 머리는 작은 구멍이 뚫려져 있는 것을 보니, 총상일 가능성이 컸다.

"좋아. 잘 들어. 일단 피해자는 머리에 총을 맞은 것 같다. 가장 보편적인 223구경을 기준으로 100야드(91.44m) 안에서 총알을 찾는다."

켈빈 경감이 손짓을 하며 설명했다.

"일단 피해자는 앞이나 뒤에서 타격을 입었을 거야. 전방과 후방으로 조사해."

"알겠습니다."

켈빈 경감의 정확한 지시에 에릭과 조지는 감탄을 금치 못했다.

"오오. 예전에 경감님 모습과는 확연히 다르시네?"

"그러게요. 경감님의 저런 모습 처음 봤어요."

서로 수다를 떨었다.

"알렉스 형사님은 후방을 조사하세요. 전 전방을 조사할게요."

"그렇게 하지."

알렉스와 조지는 서로 흩어졌다.

그 사이, 경감은 무언가를 보고 있었다. 그건 피해자의 손끝에 있는 피로 써진 숫자 3이었는데 유심히 쳐다보고 고개를 갸웃거리며, 곰곰이 생각해 보고 있었다.

그러던 중, 조지와 알렉스가 켈빈 경감 앞에 왔다.

"경감님, 여기 탄환을 찾았습니다."

"딱 223구경이더군요."

"그래? 다행이군. 조사할 수 있게 수집해 놓게."

"알겠습니다."

조지는 탄환을 지퍼백에 넣었다.

"그나저나 경감님 지금 뭐하시나요?"

에릭이 켈빈 경감에게 물었다.

"여기 적힌 3이란 숫자. 무엇을 나타내는 건지 도통 모르겠네."

조지가 그 광경을 보고, 경감에게 물었다.

"이 숫자, 피해자가 쓴 건가요?"

"아니네, 여길 봐. 지문 찍힌 흔적이 없어."

경감이 숫자의 선을 따라 가리키며 말했다.

"그렇다면, 범인이 썼다는 건가요?"

"모르지. 하지만 최대 문제는 왜 다른 숫자가 아닌 3을 적어놨느냐는 거지."

켈빈 경감이 깍지를 끼면서 곰곰이 생각했다.

"혹시, 세 명의 희생자가 남았다는 소리가 아닐까요?"

에릭이 입을 열자, 켈빈 경감과 조지의 시선은 에릭에게로 쏠렸다.

"오! 가능성이 있는 이야기군."

조지와 켈빈 경감이 엄지손가락을 치켜들며 말했다. 에릭은 으쓱해졌다. 하지만, 그 확신이 진실인지에 대해서는 누구도 장담할 수 없었다.

"지금 당장, 경찰서에 전화해. 3명의 희생자가 더 나올지도 모르니 보안을 강화하라고."

경감이 자리를 방방 뛰면서, 흥분을 가라앉히지 못했다.

에릭은 휴대폰을 열고 신속하게 전화했다.

"그럼 이제 시체를 본부로 옮기고, 우린 그곳으로 가서 좀 쉬자."

조지와 에릭은 시체를 옮기는 것까진 이해가 되지만, 가서 쉬는 것은 이해가 되지 않아서 멀뚱거렸다.

"저기 경감님, 이대로 철수하는 건 너무 이르지 않나요?"

조지가 걱정되는 표정을 하며 경감에게 물어봤지만, 경감은 계속 미소만 짓고 있었다.

"괜찮아, 괜찮아. 오늘은 이 정도로 끝내지. 이제 보안만 강화하도록 해. 그럼 됐어."

"그러면 여기 남겨진 피나 흔적들은요?"

"나중에 필요할 때 오면 되지."

경감은 걱정하지 말라고 손짓하며 조지의 걱정을 가라앉혔다. 하지만 조지와 에릭은 별로 내키지 않았다. 둘이 똑같이 긴 한숨을 내쉬었다.

"어서 본부로 돌아가세."

할 수 없이 조지와 에릭은 바로 본부로 돌아왔다.

경찰서 복도에서 경감과 조지, 에릭이 걸어오고 있었는데, 앞에 누군가가 얘기를 나누고 있었다.

"어? 알렉스 형사님이신데요?"

조지가 먼저 알아차리고 손을 흔들었다. 멀리서 얘기하던 알렉스도 그걸 보고서는 손을 흔들었다. 경감과 두 일행은 그에게 갔다.

"경감님 오십니까?"

"어, 알렉스 형사. 큰 사건을 조사하고 오는 길이네."

켈빈 경감이 알렉스와 악수하다가 살짝 얘기하던 사람을 봤다. 그런데 경감의 눈이 커지면서 저절로 입도 벌어졌다.

"자네! 에드워드 아닌가!"

180cm가 넘는 큰 키에 잘생긴 외모, 언제나 왼쪽 가슴에 E마크가 달린 볼펜을 끼고 다니며 어려운 사건은 모조리 휩쓸고 다니고 신문 기사에 얼굴이 빠질 날이 없는 그는 분명히 명탐정 에드워드였다.

"하하하, 여기서 또 뵙게 되었네요."

에드워드가 웃으면서 말했다.

"두 분. 알고 계신 사이세요?"

조지가 경감에게 물었다.

"물론이지. 나와 대학교 동기였는데, 이 친구 아주 영리하지."

경감이 말을 마치자 잠시 침묵이 흘렀다.

"아, 그래. 이 친구는 에드워드라고 하네. 알 수도 있고 모를 수도 있지만, 어렵다고 소문난 사건들을 모두 풀어내 명성을 떨친 명탐정이라네."

켈빈 경감의 소개가 마치자, 에드워드는 깍듯이 인사했다.

"안녕하십니까. 에드워드라고 합니다."

"그러고 보니, 자네. 여긴 어쩐 일인가?"

에드워드의 인사가 끝나자 경감이 등을 툭 치며 물었다.

"경감님이 살인사건을 조사하신다고 하셔서, 제가 한번 참석해 봤습니다."

에드워드가 웃으면서 말했다.

"그럼, 조사하신 것 좀 볼 수 있을까요?"

"그렇게 하게."

켈빈 경감은 피 묻은 탄환이 들어 있는 지퍼백을 꺼내어 보여줬다. 그러자 에드워드는 눈살을 찌푸리며 말했다.

"이게 다인가요?"

"그래."

"증거가 이것밖에 없던가요?"

"아니, 다른 건 다 현장에 있어. 그때그때 찾으려고 놔뒀지."

"경감님, 그걸 말이라고 하십니까!"

에드워드가 버럭 소리를 질렀다.

"아니, 왜 그런가?"

"제가 범인이라면, 아마 증거를 모두 지웠을 것입니다. 지금 당장 사람을 보내 보세요!"

에드워드가 다시 한 번 소리를 질렀다. 그러곤 끼고 있던 넥타이를 풀었다. 화가 단단히 난 모양이다.

"진정하게. 알렉스, 빨리 가봐."

"알겠습니다."

알렉스가 차고로 뛰었다.

"켈빈 경감님, 모든 사건을 다루실 때에는 제발 냉정해지셔야 합니다. 아시겠어요?"

에드워드가 경감을 향해 세게 꾸짖었다.

긴 침묵이 흘렀다. 그러다가 전화 벨소리가 울렸다. 경감의 것이었다.

"여보세…, 뭐? 알겠네."

경감은 전화를 받은 후 넋을 놓았다.

"왜 그러십니까, 경감님?"

"혈흔과 흔적이 모두 사라졌다네."

모두 넋을 놓았다. 유체이탈을 한 듯이 제자리에 가만히 있었다.

"지금부터 제가 이 사건과 이 사건에 연관된 모든 사건에 참여하겠습니다."

에드워드가 말을 해도, 아무 거동이 없었다.

"뭐하십니까! 지금 이러고 있을 시간이 아닙니다! 서두르세요!"

에드워드가 크게 호통을 치니, 대원들의 움직임이 빨라지고 분주해졌다.

두 친구

마 이 애 미 주 의 비 극

_ 이상호

경찰들은 지금 expy 836에서 일어난 살인사건 때문에 무척 분주하였다. 그런데 이때 경찰서로 전화 한 통이 걸려왔다.

"네. 마이애미 경찰서입니다. 네? 사람이 죽어 있다고요? 네 거기가 어디쯤인가요? 지금 가도록 하겠습니다."

경찰들이 도착해 보니 이미 피해자의 시체 주변에는 많은 사람들이 몰려 있었다.

"자자, 일단은 진정하시고요 뒤로 좀 갑시다. 음……, 이게 또 무슨 일이지?"

경찰은 급히 에드워드를 불렀다.

"에드워듭니다. 경찰서요? 무슨 일이시죠? 사람이 죽었다고? 알겠습니다. 바로 그쪽으로 가도록 하죠."

그는 택시를 불렀다.

"어서 와."

켈빈 경감이 에드워드를 맞이했다.

"이게 무슨 일이죠?"

"어제 사건 현장을 목격한 이웃주민들이 있는데, 12시경 창 밖을 보다가 나무 아래에서 모자와 까만 안경을 쓰고 있던 사람을 보았다고 말하더군. 그런데 그들 말로는 그후 바로 한 사람만 나갔다고 했어. 그리고 밤이라 얼굴은 제대로 못 봤다고 했어. 남은 흔적은 이 시체뿐이라네."

"혹시 근처에 피해자 물건으로 보이는 건 없었나요?"

"그런 건 없었어. 나는 다른 곳을 조사하겠네. 도움은 에릭 형사에게 청하게."

"알겠습니다."

탐정은 그 주변에 있는 나무를 샅샅이 뒤져보았다.

'어 이건 뭐지? 휴대폰이 아닌가.'

탐정은 조용히 형사를 불렀다.

"에릭 형사."

"네, 탐정님. 무슨 일이죠?"

"어제 살인사건이 일어났는데 그 주변에서 폰을 주웠어. 자네가 이 폰을 수색해서 어제 만났던 사람들과 연락을 해서 좀 불러주도록!"

"네, 알겠습니다."

잠시 후.

"에드워드, 발견한 게 있니?"

"일단은 주변 나무에서 폰을 하나 주웠습니다. 그리고 형사한테 수색하라고 말했습니다."

"음, 잘했군."

다음 날.

"탐정님 어제 조사해 본 결과 피해자는 두 명의 친구들을 만났다고 합니다."

"일단 그 두 친구들을 데려와 주게."

"저기 계십니다."

탐정은 심문1 실에 들어갔다. 뒤따라 형사도 들어갔다.

"형사님, 무슨 일로 부르셨죠?"

"죄송하지만 베라양이 사망하셨습니다."

"네? 베라가…… 죽었다고요?"

"네, 그렇습니다. 어제 있었던 일들을 말해 보십시오."

"저는 8시경 제 친구 3명하고 술집에서 같이 술을 먹었습니다. 그리고 10시경 다시 집으로 돌아갔죠. 집에 가서도 갔는지 문자도 했구요."

"저도 마찬가지이구요."

"혹시 그 친구가 밤에 주로 활동하시는 편인가요?"

"그건 잘 모르겠어요."

클라라는 잠시 생각에 빠진다.

“저번에 친구가 한번 말해 주었어요. 밤에 개를 데리고 산책도 한다고 했던 거 같아요.”

“혹시 신디양은 그 친구 분이 밤에 개와 함께 산책을 나가시는 것을 알고 있습니까?”

“저는 잘 모르겠어요.”

‘음……, 도대체 어떻게 된 일이지? 앗, 저건 뭐지?’

“신디양, 바지 뒤에 있는 것은 무엇입니까?”

“아. 이거요? 이거 제가 일할 때 쓰는 여러 가지 도구들인데요.”

“좀 꺼내봐 주실 수 있나요?”

주머니에서는 칼, 망치, 못 등이 나왔다.

“도대체 무슨 일을 하시죠?”

“건축할 때 옆에서 보조역할을 하고 있어요. 저, 그래서 빨리 가봐야 되거든요.”

“그럼, 오늘은 여기까지만 하도록 하죠.”

두 친구들이 나가자 탐정이 말했다.

“알렉스 형사, 나는 신디양이 뭔가 수상하다고 생각해.”

“왜 그렇게 생각하는데?”

“잘 봐봐. 신디양은 칼과 같은 위험한 물건을 가지고 다녀. 또한 산책한다는 정보도 모르잖아.”

“그래서?”

“그러니깐 그만큼 친하지 않아 죽인 것일 수도 있잖아.”

“음……. 그러면 좀 있다가 다시 신디양 좀 불러다 주게.”

잠시 후에 신디양이 들어왔다.

“또 무슨 일인가요?”

“저희 질문에 솔직하게 답변해 주세요.”

“네.”

"혹시 아까 그 주머니 자주 차고 다니시는 편인가요."

"밖에서는 거의 끼고 다녀요."

'음……. 밖에서도 차고 다닌다고? 역시 신디양이었어.'

"설마 저를 의심하시는 건가요? 저, 정말 아니에요."

"알겠습니다. 일단 조금 더 수색해 보고 전화 드리도록 하겠습니다."

탐정과 경찰들은 다시 사건 현장으로 갔다.

"켈빈 경감님, 무언가 이상한 점이 있습니다."

"그게 무엇인가."

"클라라양은 피헤지인 베리상이 개를 데리고 산책을 한다고 하였죠. 그런네 흔적은 시체밖에 없었습니다. 근처에서 개의 흔적이라고는 본 적이 없죠."

'음……, 그럼.'

"클라라양이 거짓말을 한 것은 아니겠지?"

"아직까지는 확신이라고는 믿을 수 없죠."

"일단 내일 다시 와서 보도록 하게."

그러나 탐정은 그 주변을 계속 수색하고 있었다.

"어! 이건 뭐지?"

"조지 형사님, 그 옆 나무에서 개의 시체가 나왔습니다."

"개의 시체라…. 그럼 클라라양은 거짓말을 한 것이 아니었어."

"그러나 또 하나의 의문점이 생겼습니다."

"그게 또 무슨 일인가?"

"어제 개 짖는 소리를 들은 사람이 아무도 없었답니다."

'어 저게 뭐지. 저거 청테이프인가? 그렇다면…….'

역시 개 시체의 입 부분에는 청테이프가 붙여져 있었다.

"형사님. 이 살인 사건은 가해자가 2명으로 보입니다."

"음……. 그러면 한 가해자는 개의 입을 막고, 다른 가해자는 그 피해자를 살인했다는 말인가."

"그렇다고 할 수 있죠."

탐정은 갑자기 생각이 난 듯 형사를 부른다.

"알렉스 형사, 저번에 불렀던 클라라양 좀 불러주십시오."

"네? 무슨 일이시죠?"

"범인을 알 것 같습니다."

알렉스가 화색을 띠며 달려갔다. 잠시 후 클라라가 알렉스와 함께 걸어왔다.

"클라라양, 제 앞에서 진실만을 말해 주시길 바랍니다."

"네."

"당신은 어제 10시경 집에 들어갔죠. 맞죠?"

"네. 맞아요."

"그리고 무슨 일을 했죠?"

"TV를 보다가 잤어요."

"네, 일단 알겠습니다. 조금 있다가 다시 봅시다."

클라라가 허탈한 표정으로 알렉스를 대동하고 사라진다. 에드워드가 경감에게 손짓하며 말했다.

"경감님, 이리로 와 보십시오."

"자네, 무슨 일인가."

"오늘 개의 입에 붙어 있던 청테이프에는 FRIEND라는 글자가 적혀 있었어."

"그렇다면……."

"아마 친구 두 명 중 한 명은 가해자일 것입니다. 그리고 또 한 가지를 발견했습니다. 저번에 대화상에서 클라라양은 피해자가 개와 산책을 한다는 것을 잘 알고 있었습니다. 그런데 신디양은 모른다고 했죠. 클라라양은 피해자에 대해 많이 알고 있다는 말이죠. 따라서 범인이 클라라양일 확률이 높습니다."

"그러면 내일 클라라양을 불러 다시 수사해 보게."

다음날.

"전 진짜 잘못이 없습니다."

“여기를 보십시오.”

‘앗! 저것은 뭐지? Friend?’

“FRIEND라고 적혀 있지 않습니까?”

“그렇다고 그것이 범인이 저라는 증거가 되진 않습니다.”

“당신은 피해자가 밤에 산책을 한다는 사실을 알고 있었던 거죠, 아닌가요?”

“전 정말 아무 잘못도 없습니다.”

“정말입니까?”

“네.”

‘그럼, 신디양이라는 것인가?’

“그럼, 저번에 개와 함께 자주 산책을 나가신다고 하셨죠? 그것을 신디양은 듣지 못했습니다. 클라라양, 당신은 그 얘기를 어디서 들으셨죠?”

“저는… 베라의 집에서 하루 자려다가 우연히 듣게 되었습니다.”

“그러나 신디양은 이 정보를 알지 못합니다. 그러니까 결국에는 바로 당신이 범인이 되는 거죠.”

“아니에요.”

“왜 그렇게 생각하시죠?”

“……”

“솔직히 말해 주십시오. 범인이 맞습니까?”

“아닙니다.”

“현재로서는 클라라양이 범인이라는 것과 다른 결과는 나오지 않습니다. 자백을 한다면 죄가 조금 정상참작이 되니, 빨리 말하신다면 나중에 제대로 밝혀졌을 때보다는 상황이 나을 겁니다.”

“……”

“클라라양.”

“사실…… 네. 제가 죽인 게 맞습니다.”

“클라라양은 왜 피해자를 죽이게 되셨죠?”

"시작은…… 우발적이었습니다.

저는 밤 10시경 친구와 같이 술을 마시고 있었습니다. 저희는 사이좋게 애기하면서 술도 마셨습니다. 1차 뒤에는 2차로 노래방도 갔었습니다. 번갈아가면서 노래를 불렀죠. 저는 노래를 잘 못해요. 친구들은 분위기가 많이 달아올랐죠. 그런데 저는 우울한 노래를 부르기 시작했습니다. 부르고 있는데 갑자기 노래가 꺼졌죠. 갑자기 친구가,

'야, 이게 노래라고 부르냐? 이럴 거면 뭐하러 만나서 놀아?'
라고 저를 타박했고, 그 후로 친구들은 저를 왕따시키고 계속 둘이서만 신나게 놀았습니다.

저는 그래서 그 친구가 미워져서 그만 살인을 해버렸습니다."

"그럼 개의 입은 누가 막았습니까?"

"그건…… 술에 취해 있었던 베라가 개 짖는 소리가 시끄럽다고 짜증을 내며 막았습니다. 베라가 개의 입을 막는 동안 제가 뒤에서 베라를 죽였습니다."

"그렇군요."

갑자기 클라라를 향해서 총알이 날아온다.

"누구냐?"

하지만 희미하던 사람의 그림자는 이미 사라졌다. 총알이 날아온 자리에 저격범은 쪽지 하나만을 남기고 가버렸다.

[난 다음 장소에 가 있겠다.]

"거기 서라."

그러나 탐정이 나가자 이미 저격범은 도망치고 난 후였다.

"어? 탐정님! 이리로 와보십시오."

거기에는 종이가 있었다.

'이것은 뭐지?'

"이 숫자는 9가 아닌가?"

"무슨 뜻이지?"

마 이 애 미 주 의 비 극
핏자국
_ 김유민

"음……. 뭘까. 아무리 생각해도 모르겠네. 그것 참."

"경감님! North West 20th Street에서 또 사람이 죽었다고 합니다!"

경감은 전화를 끊고 혼잣말을 하였다.

"뭣이! 또 그 녀석의 짓인가……. 크윽, 젠장! 또 녀석이 선수를 치다니……."

켈빈 경감은 급히 경찰차를 몰고 사건 현장으로 단숨에 달려갔다.

"현장이 어디야?"

"여기입니다, 경감님."

켈빈 경감은 에드워드 탐정의 안내 하에 사건 현장으로 들어간다.

"크윽……. 끔찍하군. 어떻게……."

사건 현장은 실로 오금이 저릴 만큼 잔인했다. 하얀 지점토에 빨간 물감으로 물들이듯 하얀 대리석 바닥은 이미 거무스름한 피딱지로 뒤덮여 있었다.

"자네가 왔을 때 현장의 상황은 어떠했나?"

"이 방문은 안팎에서 모두 열쇠로만 열 수 있게 되어 있고 문은 잠겨 있었습니다."

"그렇군. 피해자의 이름과 사인은?"

"이름은 테일러 켈리. 성별은 보시다시피 여자이고, 범행현장인 이 옷가게의 주인입니다. 사인은 부검 결과를 봐야 알겠지만 칼에 찔려 즉사한 것 같습니다."

"경감님! 어제 여기 옷가게에서 말다툼하는 소리와 비명 소리가 나는 것을 이웃 주민이 들었답니다."

"그래? 그렇다면 어제 이 집을 방문한 사람이 있다는 건데……. 좋아! 에릭 형사, 당장 어제 이 가게에 들렀던 사람을 조사하도록 하게!"

“네! 알겠습니다.”

그때 에드워드 탐정이 지나가며 나지막이 속삭였다.

“경감님. 설마 이거 얼마 전 그 사건과 동일범은 아니겠죠? 만약 동일범이라면 더 이상 용납할 수 없는 연쇄 살인이…….”

그러자 경감은 버럭 화를 내며 소리쳤다.

“쓸데없는 소리 그만하게! 자네가 해야 할 일은 지금 이 사건을 해결하는 것뿐이야!”

‘더 이상 미국 경찰의 권위를 떨어뜨리는 일이 있어서는 절대 안 된다.’

갤빈 경감이 마음을 추스르고 있는 사이, 에릭 형사가 달려와 말했다.

“경감님, 어제 이 가게에 들렀던 사람은 총 3명이라고 합니다.”

“알겠네. 조지, 알렉스, 에릭 형사! 자네들은 그 용의자 3명을 데려오도록 하게!”

“네! 알겠습니다.”

현장을 유심히 살펴보던 에드워드 탐정은 고개를 갸우뚱거리며 경감에게 말했다.

“경감님, 이상합니다.”

“현장에 뭔가 문제라도 있는 건가?”

“이것 좀 보세요. 플레이어에 들어 있는 카세트테이프 말입니다. 보기엔 멀쩡해 보이지만 풀어 보면 이렇게 테이프가 꽤 오랫동안 그을려지다가 끊어졌다는 사실을 알 수 있습니다.”

에드워드 탐정의 말 그대로였다. 테이프의 필름은 상당히 오랫동안 그을려지다 끊어진 자국이 선명히 남아 있었다.

“저, 정말이군! 그런데 이게 왜 이렇지?”

그러자 에드워드 탐정은 손가락으로 탁자 위를 가리키며 말하였다.

“저길 보시죠. 탁자 위에 촛농이 가득한 것이 보이시죠? 아마 저걸로 태운 것일 겁니다.”

“그렇군. 하지만 왜⋯⋯?”

“아직 자세히는 모르지만 범인이 뭔가를 숨기고 있었다는 것은 확실합니다.”

“음⋯⋯. 혹시 카세트테이프 안에 우리가 들으면 안 되는 것이라도 있는 건가?”

“돌려보죠.”

[치지지직⋯⋯. 꺄, 꺄아악!]

“음, 이건 혹시 어제 이웃이 들었다던 비명 소리 아닌가?”

잠시 후 이웃이 와서 말하였다.

“아! 이 소리 맞아요! 어제 TV를 보는데 갑자기 이 소리가 들렸어요.”

“감사합니다. 에드워드 탐정, 이 소리가 맞다 하네.”

“그렇군요.”

곧, 용의자 3명을 찾으러 갔던 조지, 알렉스, 에릭 형사가 왔다.

“데려왔습니다.”

용의자 3명은 매우 불만족스러운 표정을 지으면서 들어왔다.

“뭡니까? 아침부터⋯⋯.”

“아, 안녕하십니까? 저는 마이애미 주 경감 켈빈입니다. 어제 이 옷가게 주인인 테일러 켈리 씨가 살해당하였습니다. 그래서 혹시나 하는 마음에 어제 이 가게를 들렀던 세 분을 모셔온 것입니다. 너무 기분 나빠하지 않으시면 좋겠습니다.”

“자, 그럼 한 분씩 자신의 성함과 어젯밤 무엇을 하셨는지 말씀해 주십시오.”

첫 번째 용의자가 입을 열었다. 그는 에드워드 탐정과 맞먹는 키에 나이는 피해자와 비슷해 보이는 청년이었다.

“저는 켈리의 남자친구 렉스라고 합니다. 어제는 8시 30분경에 이 가게에 왔었습니다. 어제는 저랑 같이 영화를 보러 가기로 했거든요. 갑자기 정해진 거라 영화표도 급하게 구매했었어요. 그 후에 영화를 보고 집에 들어온 시간이 10시경이었습니다."

"저, 혹시 그 영화표를 보여 주실 수 있습니까?"

"네, 여기……."

"시간이 맞네요. 이봐, 알렉스. 그 시간에 이 분이 표를 구매한 것이 맞는지 극장 CCTV로 확인해 봐."

"예, 경감님."

알렉스가 급히 그 공간을 빠져나갔다. 경감은 알렉스 쪽으로 돌렸던 고개를 다시 용의자 쪽으로 돌리며 말했다.

"다음 분은?"

두 번째 용의자가 손을 들었다. 160cm가 조금 넘어 보이는 키에 D마크가 달린 가방을 들고 있는 여자였다.

"저는 켈리의 언니 테일러 셸리입니다. 동생이 죽은 것도 생각할 수 없을 만큼 끔찍한데 절 용의자로 의심하시는 겁니까? 정말 어이가 없네요."

"수사에 필요한 정보가 있을 수 있으니 부탁드립니다. 동생의 죽음을 밝히려면 꼭 필요한 과정입니다."

"후……. 알겠습니다."

"어제 무엇 때문에 동생을 찾아오셨습니까?"

"저는 어제 켈리에게 돈을 빌리러 왔었어요. 직장을 구하지 못해서 돈이 필요했었거든요."

"집에 들어온 시간은?"

"10시쯤 이 집에 왔었지만 문이 잠겨 있어서 들어오진 못했어요."

"증인이나 알리바이를 알 수 있는 물품 같은 건 없습니까?"

"저희 집까지는 2시간 정도 걸리는데, 가는 길에 편의점에서 산 빵과 음료수 영수증이 있어요. 편의점에 전화해 보시면 알 거예요."

"네, 알겠습니다. 마지막 분은?"

"저는 켈리의 엄마, 안제라입니다. 켈리가… 켈리가 죽었다니요. 그리고 어떻게 자신이 낳은 딸을 엄마가 죽였다는 생각을 할 수 있습니까?”

“저는 그저 그날에 옷가게에 들렀던 사람들을 모았을 뿐입니다.”

“저는 아닙니다. 딸인데… 딸을 어떻게… 켈리야…….”

“진정하십시오.”

불안한 증세를 보이는 안제라의 등을 토닥이며 에드워드가 안제라를 진정시켰다. 20분이 지나자 안제라가 조금 안정이 되었는지 말을 꺼내기 시작했다.

“저는… 오랜만에 켈리를 보러 왔었어요. 시간은 아마 12시쯤일 거예요.”

“증명하실 수 있습니까?”

“아니요. 문이 잠겨 있어서 돌아가려고 하다가 강가에서 바람을 쐬고…….
아, 어제 강에서 낚시하는 할아버지와 대화를 했었어요.”

“네…….”

용의자를 돌려보내고 그들이 말한 내용을 확인한 알렉스가 돌아와 상황보고를 했다.

“경감님, 조사가 끝났습니다. 피해자인 켈리 씨는 어제 밤 11시 30분 경 죽었습니다. 그리고 렉스 씨의 영화표 구매 시간, 셸리 씨의 편의점 영수증 구매 시간도 일치했었고, 안제라 씨의 증언도 낚시터 할아버지의 말과 일치하였습니다.”

“…… 그래?”

조사가 끝난 후, 에드워드 탐정이 켈빈 경감에게 물었다.

“뭐 좀 알아낸 것이 있습니까?”

“아니. …… 도대체 누가 범인인 거지?”

에드워드 탐정은 경감이 조사한 수첩을 훑어보고 표를 만들어 정리하였다.

	시간	증거	상태
렉스	PM 8 : 00	영화표 구매 시간	영화를 봄
테일러 셸리	PM 10 : 00	편의점 빵 & 음료수 영수증	무응답
테일러 안제라	AM 00 : 00	강가 낚시터 할아버지	무응답

“여보게, 에드워드. 아무래도 이 사건은 연쇄살인범의 짓이 아닌 것 같네. 피해자는 최근에 쌓인 빚이 많았어. 혹시 자신의 분에 못 이겨 자살한 게 아닐까?”

“경감님, 그건 아닌 것…….”

“자넨 잔말 말고 연쇄살인범의 행방이나 알아보게!!”

그렇게 경찰은 켈리 씨의 죽음에 대한 조사에서 손을 놔 버렸다. 그러나 에드워드 탐정은 거기에서 그치지 않았다.

‘아니야, 이건 자살이 아닌 타살이 틀림없다고…….’

에드워드 탐정은 수사를 계속하였지만 진전이 없고 날이 저물어 수사를 중단할 수밖에 없었다.

한편, 교통이 복잡한 미국 마이애미 주 시내 한복판의 골목길에서는 비밀스런 대화가 오가고 있었다.

“이봐, 일은 어떻게 되어 가고 있나? 이번 일이 이루어지지 못한다면 우린 죽은 목숨이라고.”

“말도 마. 차라리 죽는 게 낫지. 에드워드라는 녀석 때문에 일에 진척이 없다고.”

“그나저나 용의자 중에 있는 녀석을 어떻게 알아내려고? 난 누군지 모르겠던데.”

“멍청한……. 딱 봐도 지퍼에 D마크가 달린 그 녀석이지.”

“아, 그런가. 그럼 난 스나이퍼에게 알려줘야겠군.”

“열심히 해라. 안 그럼 우린 이제 끝이야. 녀석들이 우리의 담뱃불을 꺼버릴 수도 있어.”

“이런 지긋지긋한 조직에 있느니 차라리 죽겠다. 근데 넌 경찰서에 근무하면서 도대체 뭐가 힘들기에 아직도 그 모양이냐?”

“너 같으면 늙은 호랑이 켈빈 경감이 있는데 대놓고 방해할 수 있겠냐?”

“하긴……. 어쨌든 명심해라. 그 녀석의 얼굴을 보는 것도 이번이 마지막이니까.”

“안다고 알아. 그 말은 귀에 못이 박히도록 들었다고.”

그때 검은 복장의 사내가 다가왔다.

“네놈들, 이럴 시간이 어디 있다고!”

“흐익! 두, 두목!”

“어서 가서 녀석들을 없애라니까 여기서 노닥거리고 있다니, 네놈들 담뱃불을 꺼뜨려야 일을 수행할 셈이냐!”

“아닙니다! 빠른 시간 내에 처리하고 복귀하겠습니다.”

화창한 아침, 에드워드는 일어나기 싫었는지 벌써 30분 째 침대에서 뒹굴거리며 중얼거리고 있었다.

“이번 사건은 도무지 모르겠단 말이야. 도대체 타살이라면 왜! 아니, 연쇄살인범의 짓이라 해도 이상한 점이 너무 많다고.”

30분째 뒹굴거리던 에드워드는 배가 고파 비틀거리며 일어나 냉장고 문을 열었다.

“젠장. 냉장고에 상추랑 오이밖에 없다니. 탐정 일을 하다 보니 임금 격차가 너무 심하잖아.”

에드워드는 샐러드라도 먹어야겠다고 생각했지만 자신이 한심하다고 생각했는지 마트로 향했다.

“내가 명색이 명탐정인데, 스테이크는 먹어야 하지 않겠어?”

“흠 보자. 안심, 안심……. 엇?! 배가…….”

에드워드는 갑자기 요동치는 배를 잡아 쥐고 체면 따윈 벌써 내버린 듯 화장실로 냅다 뛰었다.

“역시 대형마트 화장실이군. 바닥부터 시작해서 벽, 천장까지 대리석 타일이 잖아. 나도 이번에 수고비 받으면 집 자체를 뜯어 고쳐야겠어.”

식사가 끝난 후, 에드워드는 다시 사건이 일어난 가게로 달려갔다.

“후……. 내가 나의 명예를 걸고 이번 사건의 진상을 밝혀내 연쇄살인범의 그 잘난 면상을 보고야 말겠어!!”

에드워드는 다시 한 번 굳은 각오를 다지며 수사에 임했다.

오전부터 시작된 수사는 정오를 넘겨 오후 3시가 되었다. 수사를 오래해서 그런지 에드워드의 다리는 설 힘조차 없었지만 한 줄, 한 줄 채워지는 자신의 수첩을 보며 에드워드의 마음은 다리 통증과 점심 끼니 대신 뿌듯함으로 꽉 차 있었다.

“휴, 벌써 오후 3시군. 역시 아침의 스테이크는 대단해. 갈비로 스테이크를 했더니 열량이 쐐나 쌓였군. 상시간 활동에 굉상히 좋은데!”

“음……. 생각보다 알아낸 것이 꽤 되는데? 범인이 쓴 트릭을 대충은 알 거 같군. 하지만 흉기와 증거가 없어.”

이윽고 오후 4시가 되자 마당의 스프링클러가 꽃들에게 물을 주기 시작했다.

‘타이머를 맞춰놓고 물을 주니 편하겠군.’

그때 테일러 셸리 씨가 마당에서 잔디에 물을 주고 있었다.

“아니, 테일러 셸리 씨! 여긴 어쩐 일이세요?”

“아, 안녕하세요. 에드워드 탐정님. 여기서 다시 뵈니 반갑네요.”

“그런데 셸리 씨, 마당에는 스프링클러가 물을 주고 있지 않습니까?”

“아, 저는 스프링클러가 미처 물을 주지 못한 곳에 물을 주고 있는 중이에요.”

“아, 그렇군요.”

“탐정님은 열심이시네요. 경찰들은 어제 모두 돌아갔는데…….”

“아, 뭐 전 이 사건의 진상을 알고 싶어서요.”

“그럼 열심히 하세요.”

에드워드는 셸리와 대화 후 빠르게 필기했다.

‘뭔가를 숨기는 눈치였어…….’

에드워드는 더 이상의 피로를 이기지 못할 것 같았는지, 집으로 돌아와 잠을 청했다.

에드워드가 다시 눈을 떴을 때는 이미 저녁 시간이 지난 후였다.

"크윽, 머리가 왜 이렇게 아프지……."

"강가에 가서 바람이라도 쐐야겠다."

에드워드는 문을 열었다가 찬바람에 문을 다시 닫았다.

"이크, 밤바람이 차군."

에드워드는 머리를 식히고 왔지만 긴 수사 때문이었는지 낮잠을 잤음에도 불구하고 또다시 긴 잠에 빠졌다.

에드워드가 전날의 긴 수사로 늦잠을 자고 일어나니 오전 11시였다.

"이런, 중요한 수사를 앞두고 늦잠을 자다니."

에드워드는 급히 아침 겸 점심을 챙겨 먹고 다시 가게로 뛰었다.

"후……. 오늘은 반드시 이 사건의 진상을 밝히고야 말겠어!"

에드워드는 굳은 결심을 다지고 가게에 들어가 정밀조사를 하였다. 그때 피해자의 것으로 보이는 일기장이 발견되었다.

○○월 ○일 ○요일

오늘도 언니는 나에게 돈을 달라고 하였다. 도대체 왜 이러는 걸까. 좋은 사람 만나서 잘되는 줄 알았더니 만난 지 두 달 만에 깨지고 운영하던 기업까지 파산하고……. 도대체 이 작은 옷가게를 하는 나에게 어디까지 뜯어가려는 걸까. 앞길이 막막하다……. 언니를 위해서라도 내가 모질게 대해야겠다. 내가 계속 빌려주는 게 더 언니를 망치는 일인 것 같다.

'빚이 상당했나 보군……. 어, 잠깐 이건 뭐지?'

에드워드는 일기장에 무언가가 묻어 있는 것을 발견하였다. 그리고 뒤이어 에드워드는 피해자의 가게에서 피해자가 남긴 다잉메세지로 보이는 '7 to 8'이란 종이쪽지를 발견했다.

"그렇구나! 그런 거였어! 이제 숨긴 장소만 알아내면 되는데……."

에드워드는 넘치는 자신감으로 조사를 진행하였고, 곧 모든 사실을 알게 되었다. 그리고 패기 넘치는 웃음을 띠며 켈빈 경감에게 전화를 했다.

"경감니~~임! 드디어 이틀 전에 일어난 사건의 진상을 밝혀냈습니다!! 어서 용의자 세 명과 함께 사건 현장으로 와 주십시오!"

경감은 기쁘게 웃으며 말했다.

"정말인가? 하하하. 자네 그렇게 고집 부려가며 수사를 진행하더니 결국 범인을 잡아냈구먼. 하하하. 알겠네. 내 바로 그리 가지."

곧 켈빈 경감이 복권에 당첨된 듯 싱글벙글 웃으며 용의자 세 명과 현장에 도착했다.

"자, 에드워드. 여기 용의자 세 명이 도착했네. 어서 사건의 진상을 밝혀보게."

"당연하신 말씀! 기다릴 여유 없이 바로 사건의 트릭부터 설명하죠."

그때 피해자의 남자친구인 렉스가 끼어들며 말했다.

"잠깐만요! 그렇다면 지금 이 사람들 안에 범인이 확실히 있단 말인가요?"

"당연하죠. 자, 그럼 시작하겠습니다. 먼저 현장이었던 거실을 봐주시죠."

거실에는 에드워드가 설치한 범인의 트릭 재현을 위한 준비가 되어 있었다.

"범인은 피해자를 죽이고, 자살로 만들기 위해 밀실살인으로 위장하고 이 트릭과 카세트테이프를 이용했지만 카세트테이프는 이웃에 의해 거짓이란 게 밝혀지고 이 트릭은 저에 의해 무용지물이 되었죠."

셸리가 따졌다.

"이걸로 뭘 어쨌다는 거죠? 테이프 끝에 열쇠를 묶은 채로 백과사전을 통과한 게 밀실살인의 트릭이 된다는 거예요?"

"그렇습니다! 일단 테이프 앞에 공백을 남긴 다음 테이프를 돌립니다. 그럼 늘어져 있던 테이프는 감기게 되고, 열쇠는 그 힘으로 인해 돌아가 빠지게 됩니다. 그렇게 감기던 테이프는 체스 말을 거꾸로 세워 지탱해 둔 백과사전 밑을 지나다가 체스 말을 건드리고 백과사전을 쓰러뜨립니다. 양초 때문에 녹고 있던 테이프는 결국 끊어지고 열쇠와 분리되죠. 그리고 비명 소리가 나옵니다."

[지……. 지직, 꺄아아아아아악!]

그 자리에 있던 사람들 모두 귀를 틀어막았다.

"크윽!"

에드워드는 말을 이었다.

"그 증거로 열쇠는 아직도 끊어진 테이프와 연결된 상태로 있습니다."

켈빈 경감이 물었다.

"그렇다면, 범인은 누군가?"

"범인은 바로……. 테일러 셸리!! 당신입니다!"

테일러 셸리는 콧방귀를 뀌며 말했다.

"흥, 웃기는 소리 하지 말아요. 켈리는 11시 반 경에 죽었다면서요? 그렇다면 그때부터 한 시간 전에 온 제가 어떻게 켈리를 죽였단 거죠?"

에드워드가 미소를 지으며 말했다.

"아, 제가 말 안 했던가요? 켈리 양 옆에는 물 자국이 있었어요. 사람이 죽고 나면 사후경직이 일어나는데, 얼음 같은 차가운 것으로 몸을 식혀 주면, 어느 정도 사후경직 시간을 늦출 수 있습니다. 당신은 그걸 이용한 것이 아닌가요?"

"하지만 탐정님께서 말씀하신 대로라면, 저 말고도 여기 있는 사람 누구라도 할 수 있어요. 아니면 켈리가 진짜로 자살을 했거나 말이죠."

"하하하. 그렇다면 보여드리겠습니다. 당신이 범인이란 증거를요."

"마침 4시네요. 자, 모두들 스프링클러를 보세요. 어? 저 스프링클러는 왜 저럴까요? 물이 나오는 입구에 뭐라도 끼였다는 듯이 물이 두 갈래로 나오네요."

에드워드는 감식반을 불렀다.

"감식반, 저 스프링클러 가운데에 끼인 것을 빼주세요."

에드워드는 자신의 예상이 맞아서 기뻤는지 씩 웃으며,

"자, 이게 뭘까요? 이게 바로 피해자를 살해한 얼음송곳입니다!!"

"아니!"

켈빈 경감과 주위에 있던 사람들까지 놀라 입을 다물지 못했다.

"자, 그럼 지문 조사……."

그러자 셸리가 말을 끊으며,

"해봐요. 난 당당하니까."

"……를 하면 안 되고 혈액 검사를 해야겠죠?"

켈빈 경감이 의아해 하며 물었다.

"엥? 잠깐, 에드워드. 왜 지문이 아니라 혈액 검사인가?"

에드워드는 이 질문을 기다렸다는 듯이 대답했다.

"지문이 묻었다 하더라도 저런 스프링클러면 지워져요. 그러니 혈액 검……."

"그러니까 왜 혈액……."

"아차차, 제가 말을 한다는 걸 까먹었네요. 셸리 씨. 당신의 오른쪽 검지는 어떻게 다친 거죠?"

테일러 셸리는 검지를 숨기며 어쩔 줄 몰라 했다.

"이, 이건……."

"그건 아마도 어제 저를 만나기 바로 전에 다친 상처겠죠."

에드워드가 말을 이었다.

"아마 그때 얼음송곳을 급하게 넣느라 찔렸겠죠. 제 말이 맞죠? 셸리 씨."

"증거를 대봐요!"

에드워드가 웃으며 말했다.

"물론 그건 증거가 안 돼요. 피도 대부분 씻겼을 테니."

그러자 켈빈 경감이 화를 내며 따졌다.

"이봐, 에드워드! 자네가 사건을 해결했다고 했으면서 이것도 저것도 아니라니! 이 무슨 해괴한 상황인가?!"

"하하하, 걱정 마세요. 이제 끝이라고요, 끝!"

"엥? 정말인가? 그럼 빨리 비장의 카드로 끝내게!"

에드워드는 차분하게 말했다.

"사실 피해자인 켈리 씨는 다잉메세지를 남겼습니다."

켈빈은 눈이 휘둥그레져 물었다.

"그게 정말인가?"

"네. 그렇습니다. 저는 켈리 씨의 일기장을 보다가 '7 to 8'이라고 쓰여 있는 피 묻은 쪽지를 발견했습니다."

켈빈 경감이 다시 물었다.

"그럼, 그게 뜻하는 건 뭔가?"

"밑의 타일을 뜻합니다. 출입문부터 앞으로 일곱 칸, 왼쪽은 계산대니까 오른쪽으로 8칸 가면……."

켈빈 경감이 가보니 가슴주머니에 옷 번호가 1000인 번호표가 있었다.

"그렇군. 피해자인 켈리 씨는 10：00에 이 가게에 들렀던 셸리 씨를 나타내는 다잉메세지를 작성한 거였어."

"자, 셸리 씨. 더 할 말이 있으십니까?"

"아니에요. 그 메시지가 그런 뜻이란 증거가 어디 있습니까? 이건 억지입니다!"

경감은 동생의 일기장을 셸리에게 펼쳐 보여주면서 이렇게 말했다.

"당신을 이렇게 아끼는 동생에게 미안하지도 않습니까?"

"아끼다니요?"

○○월 ○일 ○요일

오늘도 언니는 나에게 돈을 달라고 하였다. 도대체 왜 이러는 걸까. 좋은 사람 만나서 잘되는 줄 알았더니 만난 지 두 달 만에 깨지고 운영하던 기업까지 파산하고……. 도대체 이 작은 옷가게를 하는 나에게 어디까지 뜯어가려는 걸까. 앞길이 막막하다……. 언니를 위해서라도 내가 모질게 대해야겠다. 내가 계속 빌려주는 게 더 언니를 망치는 일인 것 같다.

일기장의 펼쳐진 부분을 보고 셸리는 흐느꼈다.

"으흐흑……. 정말 힘들었어요. 켈리는……. 켈리는! 정말이지 절 너무 힘들게 했어요. 돈을 빌려주고는 이자를 높게 받고, 남편 없는 저를 이해하지 못했다고요!! 그런데, 그런데 그게 저를 위한 의도적인 행동이었다니……."

○○월 ○일 ○요일

오늘도 언니에게 심한 말을 했다. 이자도 빨리 내놓으라고 독촉하고 일부러 자존심이 상하도록 자극적인 말을 골라 했다. 이것만이 언니를 살리는 길이라고 생각했으니까. 하느님, 그렇죠?

언니, 힘내! 지금은 언니 사정이 어렵지만 넘어져도 일어나는 오뚝이처럼 언니도 다시 하늘로 날개 치며 오를 날이 있을 거야!! 지금은 아직 세상사는 게 힘들고 남편 잃은 게 서러울 수 있겠지만 그런 정에 얽매일 언니가 아니잖아? 그러니까 더욱 더 힘내서 우리 같이 힘차게 살자! 언니, 사랑해♡

사랑하는 동생 켈리가

"이런, 흐흑! 케, 켈리야! 어, 어째서! 으흐흑! 어째서!! 왜 그런 거야……. 나, 난 그것도 모르고 켈리를……. 도, 도대체 어째서……."

참으로 안타까운 광경이 아닐 수 없었다. 그곳에 모인 켈빈, 에릭, 알렉스, 조지, 테일러 안제라, 렉스, 심지어 에드워드 탐정 또한 눈시울을 붉혔다.

"자, 자세한 이야기는 서에서 하시죠."

그런데, 가게를 나오는 순간,

"타ㅡ앙!"

한 발의 총성과 함께, 이미 셸리의 가슴에선 피가 흐르고 있었다.

"셸리 씨!"

"누구냐!!"

건너편 공장 굴뚝 위에서 누군가가 셸리 씨에게 저격을 한 것이었다.

셸리의 목숨은 서서히 끊어져 갔다.

"여, 여기……."

셸리는 3, 2라고 쓰여 있는 쪽지를 주었다.

"그리고……."

목숨이 다 끊어져 가는 상황에서 셸리는 무엇인가 말하려 했다.

"타, 탐정님. 잘 들으세요. 다, 다음 자, 장소는 맥아더 커즈웨이에요……. 그 럼 남은 사람들도 잘 부ㅌ……."

"정신 차리세요! 저 녀석 잡아!!"

결국 저격범은 놓쳐버렸고, 켈빈 경감은 다음 연쇄살인이 일어날 곳으로 발 걸음을 돌렸다.

손수건

마 이 애 미 주 의 비 극

_ 제은한

요즘 너무 자주 터지는 연쇄살인 때문에 상당히 고민에 빠져 있는 에드워드는 머리가 아파 잠시 밖으로 나갔다가 자기 앞으로 온 하나의 우편물을 본다.

"음? 뭐지?"

To. 에드워드 탐정

안녕하십니까, 에드워드 탐정님.

또 연쇄살인마가 살인을 저질렀습니다.

일단 현장은 사람들이 오가지 못하게 봉쇄했습니다만,

이번에도 좀 도와주셨으면 합니다.

연락 주십시오.

감사합니다.

켈빈 경감으로부터

'또 시작된 건가. 이번에도 가봐야겠군.'

탐정이 경찰서에 도착하자 경감이 기다리고 있었다.

"어서 오게나, 또 보는군."

"네, 또 뵙네요. 바로 본론으로 들어가죠. 이번에는 어떻게 된 건가요?"

"역시 우리 예상대로 어젯밤 12시에 맥아더 커즈웨이에 있는 공원 분수대에서 비명소리가 났다고 하네. 공원에 있던 몇몇 사람들이 그 소리를 듣고 분수대로 가보니 이미 피해자가 죽어 있었다는군."

"혹시 피해자에 대해 좀 알아내신 게 있으신가요?"

"피해자 이름은 사라, 20대 여성이며, 키는 169cm, 얼굴은 건강해 보였다고 하네."

"음. 일단 그 시간에 공원에 있던 용의자들을 모두 불러와 주세요."

"잠시 기다리게나."

잠시 후 용의자 다섯 명이 들어온다.

"어서 오십시오. 시간을 빼앗은 것 같아 죄송하지만 살인 사건 때문에 알리바이 수집을 해야 하니 모두 협조 부탁드립니다. 각자 어젯밤에 무엇을 하셨는지 말씀해 주시겠습니까?"

첫 번째 용의사의 이름은 데이브, 건강하고 힘이 세 보인다. 키는 180cm 정도 되어 보이고 피부는 약간 탔다.

두 번째 용의자의 이름은 알렉스, 얼굴에 흉터가 있지만 그래도 점잖아 보인다.

세 번째 용의자의 이름은 폴, 뚱뚱하고 몸에서 빵 냄새가 난다. 아무래도 제빵사라 그럴 것이다.

네 번째 용의자의 이름은 패트릭, 살이 희고 건강해 보인다. 키는 좀 작다.

다섯 번째 용의자의 이름은 크리스, 보통사람 체격으로 보이고, 키는 170cm 정도로 보인다.

"데이브 씨부터 그 당시 뭘 하셨는지 차례대로 말씀해 주시겠습니까?

"저는 그때 친구랑 같이 운동하러 공원에 갔어요."

"그 후에는?"

그 장면을 회상하듯이 얼굴을 찌푸렸다.

"도착하고 운동할 준비할 때 비명소리가 들렸죠. 비명이 들려오는 소리 쪽으로 가보니 이미 사람이 죽어 있었어요."

에드워드는 잠시 생각하더니 두 번째 용의자인 알렉스를 바라본다. 알렉스가 입을 연다.

"저는 살을 빼려고 운동하고 있었습니다."

"증인이나 증거 같은 건 없나요?"

뭔가를 기억해낸 듯 자신 있게 말했다.

"음. 공원 가는 길에 제가 아는 가게 사장님이랑 만났어요."

"그렇군요."

에드워드는 고개를 끄덕이다가 폴을 바라본다. 그러자 폴이 입을 연다.

"저는 그 당시에 쉼터에 있는 벤치에 앉아 있었는데요."

"벤치에 앉아 있을 때 무엇을 하셨나요?"

"친구랑 전화하고 있었습니다."

뭔가 생각난 듯 에드워드는 계속 그 생각을 하다가 말한다.

"패트릭 씨는 뭘 하고 계셨나요?"

"저는 그냥 친구랑 같이 이야기하고 있었습니다."

"다음에 그 친구분을 뵐 수 있을까요?"

"네, 이따가 부를게요."

에드워드가 패트릭의 말에 끄덕거리다 다음 용의자에게 시선을 돌렸다.

"다음?"

"저는 사라의 남자친구예요. 그 당시에 사라가 불러서 공원으로 갔어요. 그리고 다시 전화해 보니 전화를 안 받더군요. 그리고 제 여자 친구의 비명소리가 들려서 뛰어갔더니…… 흑흑!"

에드워드는 안타까운 표정을 짓는다.

"안타깝군요."

에드워드가 계속해서 용의자들에게 무언가를 물어보려고 하는데 데이브가 다급한 표정으로 말했다.

"저, 저는 이제 가도 될까요? 지금 약속에 늦어서……."

"저희도 좀 바빠서."

에드워드가 무언가를 물어보려다 말고 말한다.

"네, 오늘은 여기까지만 하죠. 다음에 또 봅시다."

용의자들이 밖으로 나간다.

용의자들이 밖으로 나가자마자 탐정이 켈빈에게 말했다.

"경감님, 뭔가 이상합니다."

"뭐가 말인가?"

"공원은 가로등도 있어 밝은데 피해자가 죽는 걸 사람들이 못 봤을 리가 없습니다."

"그것도 이상하군. 다시 알아봐야겠어. 하지만 오늘은 좀 쉬게나. 내일 계속하세."

"네, 다음에 또 뵙지요."

탐정이 밖으로 나간다.

'지난번 연쇄살인마와 관련 있겠어. 오늘은 좀 쉬자.'

하지만 탐정은 집에 가는 길에 사건 현장에 다시 들른다.

'음. 어디 단서가 될 만한 것 없나? 아, 피곤한데 이놈의 직업병…… 조금 더 조사해 봐야겠어.'

탐정은 잠시 멈추고 그 자리에 못 박힌 듯 서서 생각을 이었다.

'일단 알렉스가 말했던 가게로 가볼까.'

알렉스가 말했던 가게는 빵집이었다. 고소한 빵 냄새가 났다. 이때 빵집 사장이 나온다.

"어서 오세요. 무슨 일로 오셨나요?"

"안녕하세요. 알렉스가 어젯밤에 사장님과 만났다고 해서 찾아왔습니다."

"아, 하하. 그분은 제 빵집의 단골이십니다. 허허. 매일 빵을 사 가시는 분이죠. 어제도 공원에 가는 길에 공원에서 드시겠다고 빵을 사러 오셨습니다."

'그렇다면 알렉스의 말은 일단 거짓말이 아닌 것 같아. 하지만 아직은 모르지. 좀 더 수사해 봐야겠어.'

에드워드는 빵집 밖으로 나간다. 그리고 다시 경찰서로 온다.

"경감님."

"그래 뭐 더 알아낸 거 있는가?"

"제가 방금 알렉스가 다녀갔다는 가게에 다녀와 봤습니다. 일단 알렉스가 빵집에 갔다는 점에는 틀린 점이 없습니다. 혹시 경감님께서도 좀 알아내신 게 있으십니까?"

"아! 마침 말하려고 하던 참이었네. 신기한 게 있어. 뭐냐면, 용의자들 모두 공원 가까이에 있었다는 것이네. CCTV로 보니 전부 다 한눈에 보일 정도야. 그런데 어떻게 살인이 가능했는지 의문이군."

에드워드는 무엇인가 고민하다 급하게 경찰서를 나간다.

'일단 공원으로 가봐야겠어!'

에드워드는 급하게 공원으로 뛰어온다. 그리고 공원의 곳곳을 살펴본다.

'일단 단서! 단서가 될 만한 것을 찾아야 해!'

에드워드는 폴이 말했던 쉼터에 벤치로 가본다.

'음. 일단 여기에는 단서가 없는 것 같아. 그럼 사건 현장으로 가볼까.'

에드워드는 공원에 중심에 있는 분수대로 가본다.

'아직 시체만 치우고 그대로 남겨놨군. 근데 핏자국 밖에 없어. 단서가 될 만한 게 없을까?'

에드워드는 핏자국을 만져본다. 그런데 핏자국 끝 구석에서 뭔가 만져진다.

'어? 이건, 손수건이잖아? 피에 완전히 젖었군. 경찰들이 놓칠 리가 없는데……. 구석에 있는 데다 피로 물들어서 보지 못한 건가?'

에드워드는 손수건 곳곳을 살펴본다.

'음? 칼로 찌른 자국이 있어. 역시 범인은 총이 아닌 칼로 죽인 거였어.'

에드워드는 심각한 표정을 짓고 한 자세로 가만히 있다 뭔가 떠오른 듯 갑자기 눈을 번쩍였다.

'잠깐! 칼로 찔러 죽인 거라면 바로 앞에서 찌를 수밖에 없어. 던져서 급소를 정확히 맞추긴 힘들 거야. 메모해 둬야겠군.'

때마침 경감한테서 전화가 왔다.

"좀 쉬고 있는가?"

"아, 아. 네! 쉬는 중입니다."

"말 더듬는 걸 보니 역시 아직 수사 중이군."

"하하. 역시 경감님은 못 속이겠네요. 그런데 경감님 혹시 용의자들이 남긴 다른 단서 같은 거 있으십니까?"

"아, 그런 건 없고 잠시 공원에 피해자가 있던 그 시간에 전기가 나갔다던데."

"네? 그게 정말입니까?"

에드워드는 바로 급하게 메모한다.

"그 사건은 저번 살인사건과 연관 있는 것 같으니 조심하게나."

"네, 걱정 마십시오."

"쉬엄쉬엄 하게나. 그러다 몸살이라도 나면 어쩌려고 그러나. 그리고 가끔 수사하다가 위험한 일이 닥칠 수 있으니 조심하게나. 우리 경찰의 도움이 필요하면 언제든 연락하고."

"네, 걱정해 주셔서 감사합니다."

경감과의 전화를 끊고 그가 말해 준 단서를 메모한다. 그리고 탐정은 분수대 근처에서 단서를 찾아본다. 그런데 분수대 밑 그늘진 곳에 뭔가가 보인다. 자세히 보니 핸드폰이다.

'어! 여기에 핸드폰이 떨어져 있네. 피해자의 핸드폰인가?'

그 핸드폰을 열어본다. 그리고 살펴본다.

'음. 딱히 단서가 될 만한 것이 없군, 일단 나중에 조사해 봐야겠어. 아. 용의자들이 한 말이 계속 마음에 걸리는군. 오늘은 여기까지 하고 쉬어야겠어.'

탐정은 집에 도착해서 샤워를 한다.

"아, 시원하다. 이제 자야지."

에드워드는 계속 뒤척이다 잠시 감았던 눈을 뜨며 말했다.

"아, 오늘 사건 때문에 도무지 잠이 안 오는군."

탐정은 신경 쓰이는 일이 있으니 바람이나 쐴까 하는 생각으로 밖에 나갔다. 행선지를 정하지 않고 무작정 걷다보니 공원이었다.

"역시 공원에 바람은 시원하군. 좋다 좋아……."

그러다가 탐정은 잠시 흠칫했다. 갑자기 공원의 불이 꺼졌기 때문이었다.

에드워드는 바로 급하게 경감한테 전화를 건다.

"경감님!!"

"으…응?! 이 늦은 시간에 무슨 일인가?"

"이번 사건이 일어난 공원에 혹시 일정하게 전기를 차단하는 시간이 있나요?"

"아. 그 공원은 딱 10분간 전기 공급을 차단한다네. 아까도 말하지 않았는가."

에드워드는 뭔가 알아낸 듯 갑자기 눈을 크게 떴다.

'이거야! 이 시간 동안 범인은 접근한 거야.'

"자네도 쉬엄쉬엄 하게나."

"네, 걱정해 주셔서 감사합니다. 저는 조금만 더 수사해 보겠습니다."

"그래, 수고하게나."

"네."

전화를 끊는다. 그리고 에드워드는 혼자서 뭔가를 떠올렸다.

'딱 10분이라도 충분히 살인이 가능해. 하지만 피해자도 인기척을 느꼈을 텐데…….'

탐정은 다시 집으로 간다.

"오늘은 좀 쉬었다가 내일 다시 시작해야겠어."

다음날.

"다시 사건 현장으로 가볼까?"

마침 경감한테서 전화가 온다.

“네, 경감님.”

“그래 잘 잤나? 좋은 아침일세.”

“네, 경감님. 전 다시 수사를 시작하겠습니다.”

“그래, 나도 다시 시작하겠네.”

전화를 끊고 다시 사건 현장으로 간다.

‘11시 50분에서 12시까지 정전이 되었다고 했지. 하지만 인기척을 느끼지 못했을 리가 없어. 그렇다면…… 역시 범인은 크리스야. 이제 증거만 찾으면 되겠어!’

에드워드는 경감에게 전화를 건다. 그리고 급하게 말한다.

“경감님!! 결정적 단서를 찾았습니다!!”

“정말인가! 훌륭하네. 그래 무슨 단서인가?”

“피해자는 12시에 피살당했죠. 피해자가 발견된 자리 근처에 칼에 찔린 자국이 있는 손수건이 있었습니다. 이건 분명히 피해자가 칼에 찔려 죽었다는 뜻이겠지요. 칼로 찔러 죽이려면 가까이 가서 찔러야 합니다. 던져서 급소를 정확히 맞추긴 힘드니까요.”

“그렇지.”

“11시 50분에서 12시까지 전기 공급이 차단되니까 피해자인 사라도 놀라서 경계할 것입니다. 하지만 알고 있는 사람이 다가온다면? 크리스는 알고 있는 사람이니까 당연히 안심하고 경계를 풀겠지요. 그 사이에 크리스가 피해자인 사라를 죽인 것입니다.”

“그럴 수도 있겠군.”

“이제 증거만 찾으면 됩니다.”

“그래, 나두 증거를 찾는데 도와주겠네.”

“감사합니다.”

에드워드는 해결의 실마리를 붙잡아 벅차오르는 마음을 감출 수 없었다. 사건의 해결이 눈앞에 있었다.

‘이제 증거만 찾으면 돼. 하지만 어떻게 찾지? 음. 오늘은 여기까지만 하고 좀 쉬어야겠군.’

탐정은 집에 가서 샤워를 했다.

‘크리스가 피해자를 죽이면서 분명히 단서를 남겼을 거야. 이때까지 있었던 일들을 정리해 보자.’

“일단 맨 처음 사건이 공원 분수대 앞에서 일어났다. 그리고 용의자들을 조사했고, 분수대에서 칼에 찔린 자국이 있는 손수건, 그리고 핸드폰……. 잠깐? 핸드폰! 맞아, 아까 전에 핸드폰을 주웠었지?”

피해자의 핸드폰을 열어본다.

“음, 사진들을 보아…… 피해자와 일치해! 역시 피해자의 휴대폰이었구나. 드디어 크리스가 범인이라는 단서를 찾았어! 크리스는 그 당시에 전기 공급이 차단된 것을 보고 피해자에게 전화했다고 했지. 하지만 피해자는 받지 않았다고 했어. 피해자의 휴대폰에는 부재중 전화가 없어. 크리스와의 통화 내역만 있지. 그렇다면 전화를 받았다는 것이고, 크리스는 피해자가 공원에 나온 것을 확인하고 접근한 거야. 인기척을 느낀 피해자는 크리스가 왔다는 것을 보고 안심했으며 긴장을 푸는 순간 칼로 찔러 살해한 거야! 이로써 증거까지 다 찾았어!”

바로 경감에게로 전화를 한다.

“드디어 증거를 찾았습니다, 경감님!!”

“그래! 증거가 뭔가?”

“제가 어젯밤에 공원에서 증거를 찾던 중에 피해자의 핸드폰을 발견했습니다.”

“그리고?”

“그저께 크리스가 사라에게 전화를 했는데 안 받았다고 했죠?”

“음. 그랬지.”

“하지만 피해자의 폰에는 부재중 전화가 없었습니다!”

“뭐?!”

"이 말은 곧 피해자가 전화를 받았다는 것이고, 크리스는 피해자가 공원에 있다는 것을 확인하고 정전됐을 당시에 접근하여 살해한 것입니다!"

"그렇군. 지금 즉시 크리스와 피해자의 핸드폰 통화내역을 확인해야겠어. 그리고 당장 크리스를 부르겠네."

크리스가 들어온다. 그가 화난 듯이 찌푸리며 말했다.

"이번엔 또 무슨 일이시죠?"

"어서 오십시오. 드디어 범인을 찾아냈습니다."

"그게 누구죠?"

크리스가 놀리며 말했다.

"범인은…… 크리스 바로 당신입니다!"

"무슨 소리 하세요, 제가 왜요!"

"그날 12시에 전기 공급이 잠시 차단됐었죠. 그래서 피해자도 경계를 했을 겁니다."

"그랬겠죠."

"전 거기서 칼에 찔린 자국이 있는 손수건을 발견했습니다. 이건 범인이 피해자를 칼로 찔러 죽였다는 뜻인데요. 칼로 찔러 죽였다는 건 바로 앞에서 살해했다는 말밖에 안 되겠죠."

"그렇죠."

"정전됐을 당시 피해자는 낯선 사람을 경계했을 텐데 왜 죽은 걸까요. 그건 바로 아는 사람이나 친한 사람이 접근했기 때문입니다! 여기서 피해자와 가장 관계가 깊은 사람은…… 결론적으로 크리스 바로 당신입니다!!"

"네?! 무슨 소리 하세요!! 제가 왜 그러겠어요? 증거를 대봐요!"

에드워드는 피해자의 핸드폰을 꺼내며 이렇게 말했다.

"이 핸드폰에 증거가 있습니다."

크리스가 당황해 하며 맞받아쳤다.

"그. 그게 뭐요!"

"처음에 제가 당신에게 피해자가 죽었을 당시 뭐했냐고 물었을 때 당신은 피해자에게 전화를 했다고 했죠?"

"그랬죠."

"그때 당신은 피해자가 전화를 받지 않았다고 했습니다."

"그랬었죠.

"하지만, 피해자의 폰에는 부재중 전화가 없었습니다. 그리고 당신과의 통화 내역도 확인했습니다. 피해자가 공원에 있는 걸 확인한 당신은 전기 공급이 차단돼 사람들의 시야에 안 보일 때 피해자에게 접근해 살해한 것입니다!"

에드워드의 말이 끝나자 크리스가 부들부들 떨며 말했다.

"이익. 그년이 우리 조직을 배신했다고! 내가 죽인 그년은 우리 조직원이었 어!"

"무슨 소리시죠?"

"그년이 우리 조직을……."

"조직이라. 무슨 조직을 말하는 건지……."

켈빈 경감이 잠시 생각에 빠진 동안 에드워드는 크리스를 주시하고 있었다. 그런데 크리스가 갑자기 움츠리며 급하게 말했다.

"저… 배가 아파서… 그런데… 저기, 화장실 좀 갈 수 있을까요?"

"죄송하지만 저희도 따라가겠습니다. 보안상 그런 것이니 이해해 주시길 부 탁드립니다."

에드워드와 켈빈이 화장실 밖에서 크리스를 기다릴 동안 이야기를 나누었다.

"흠. 그 조직이라……. 무슨 뜻이지?"

"그건 좀 더 조사해 봐야 될 것 같군요"

"그런가."

갑자기 화장실 쪽에서 총소리가 난다.

[탕! 탕!]

"음?! 이게 무슨 소린가?"

"아! 제가 지금 확인하고 오겠습니다."

"무슨 일이 일어날지 모르니 같이 가세."

탐정과 경감은 같이 화장실로 들어간다.

"무슨 일인가! 헉!"

크리스가 쓰러진 채로 발견된다. 피가 바닥으로 배어나온다.

"총알 자국이 있습니다!"

"총살이라는 건가."

"어! 어깨에 숫자가……!"

크리스의 어깨에는 영어 알파벳 D와 10이라는 숫자가 새겨져 있었다.

"D와 10이라. 저번과 방법은 다르지만 결과는 같군."

"이것도 하나의 단서일 것 같습니다."

"D와 10이라…… 무슨 뜻이지?"

"저번에도 숫자가 적혀 있었는데…… 장소에 대한 단서가 아닐까요?"

"음. 그 말이 사실이라면 다음 장소는…… 아마도 오픈 브릿지가 될 것 같군."

살인

나 이 애 미 주 의 비 극

_ 이창혁

맥아더 코즈웨이 사건으로 바쁜 나날을 보냈던 에드워드는 지친 기색이 역력하다. 소파에 대자로 누워 TV를 본다. 이때 에드워드의 핸드폰에 벨이 울린다. 에드워드는 지친 몸을 일으켜 전화를 받는다. 그 전화는 에드워드의 친구이자 유명한 건축가의 제자인 아벨이 건 것이었다.

"에드워드, 잘 지냈니?"

"아벨, 자네로군. 오랜만이네. 무슨 일로 전화했나? 혹시 사건 의뢰?"

"아니 그건 아니고, 이번에 오픈 브릿지 디자인 공모전을 열거든. 이 공모전에서 오픈 브릿지 건축을 맡을 건축가를 뽑아. 그 건축가 중에 내 스승님이 포함되어 있어. 그래서 이번 공모전에 놀러 오라고. 오면 다양한 건축물을 볼 수 있을 걸. 재밌을 거야. 내일 오후 2시에 하는데, 시간 괜찮은지 물어보려고 전화했어."

"그렇구나. 네 스승님 참 대단하군 그래. 저번에 훌륭한 선생님 만났다 하더니 사실이었군. 안 그래도 지금 따분하고 피곤했는데 잘됐어. 갈 수 있을 것 같아. 시간은 알겠고, 어디서 하는데?"

"4번지 교차로에 있는 테마파크에서 개최해."

"거기라면, 유명 건축가 앤드류의 테마파크?"

"어, 맞아. 그곳으로 오후 2시까지 와."

"알았어."

에드워드는 기쁜 표정으로 말한다.

"아벨, 성공했구나. 과연 아벨의 스승님은 어떤 분일까? 엔듀 로릭 같은 유명한 건축가일까?"

에드워드는 설렌 마음을 품고 잠자리에 든다.

구름 사이로 한 줄기 빛이 비친다. 아침이 온 모양이다. 에드워드는 어제 그 지친 모습과는 전혀 반대로 여유로운 모습으로 모닝커피를 마신다. 한결 가벼운 몸으로 에드워드는 하루를 시작했다. 바빠서 통 못 읽고 있었던 사설 신문을 읽는다. 신문 일면에는 '오픈 브릿지 디자인 공모전—마이애미 그린 테마파크'라고 크게 써져 있었다.

신문을 본 에드워드는 깜짝 놀란 표정으로 말한다.

"엔듀 로릭이 오잖아! 아벨 스승님이 엔듀 로릭일 줄이야."

그가 이렇게 깜짝 놀란 이유는 엔듀 로릭이 대단한 스펙을 지닌 훌륭한 건축가로 유명했기 때문이다. 그는 MIT를 수석 졸업하고 석사, 박사, 교수 지위를 취득한 엘리트 건축가이며, 최근 5년간 마이애미에서만 30여 개의 빌딩을 건축했고 작년에는 타임지 선정 21세기 가장 훌륭한 건축가 30인에 뽑히기까지 했다. 그의 친구 아벨이 이렇게 훌륭한 건축가의 제자가 되어 있었다니. 에드워드는 빨리 시간이 가길 기다렸다.

어느덧 오후 1시가 되었다. 에드워드는 멋진 정장 차림으로 차고로 향했다. 에드워드가 얼굴을 찡그리고, 먼지를 마시며 말한다.

"아, 요즘 바빠서 차고 정리를 못 했더니 먼지가 이렇게 뽀얗게 쌓였네. 갔다 와서 정리를 좀 해야겠군."

에드워드는 오래되어 보기 드문 포르쉐 356모델을 타고 그린 테마파크로 향했다. 그는 콧노래를 룰루랄라 부르며 즐겁게 운전을 했다. 불과 1시간 거리인 그린 테마파크는 이번에 참석하는 존 앤드류 건축가의 소유로 많은 전시회가 열리는 마이애미에서 유명한 테마파크이다.

잠시 후 에드워드는 그린 테마파크에 도착했다. 테마파크 앞에는 기자들이 떼로 몰렸고 많은 건축가들이 있었다. 그중에는 에드워드가 그도록 보고 싶어 했던 엔듀 로릭도 있었다. 저 멀리서 아벨의 목소리가 들려온다. 아벨이 손을 흔들며 말한다.

"에드워드, 여기야!"

에드워드가 아벨을 발견하고 말한다.

"어, 아벨. 오랜만에 보네. 잘 지냈어?"

"잘 지냈지. 너는?"

"최근 연쇄살인사건이 일어나서 너무 바빴어. 그런데 아직도 미심쩍은 부분이 많아. 뭔가 커다란 배후가 숨어 있는 것 같아. …… 그나저나 네 스승님이 여기에 참석한다고 그랬잖아, 어디 계시니?"

"아, 로릭 선생님 말이야. 선생님 지금 기자랑 인터뷰 중이셔."

"뭐? 로릭이라면, 엔듀 로릭?"

"맞아, 로릭 선생님."

"설마 했는데…… 너 정말 잘됐구나. 유명 건축가의 제자가 되다니, 정말 열심히 해야겠구나."

"그래야지. 선생님의 명성을 떨어트리지 않기 위해서라도, 또 선생님처럼 유명한 건축가가 되기 위해서라도 열심히 공부해야지."

"그래, 그래야지."

"그럼 들어가자."

에드워드와 아벨은 같이 테마파크 안으로 들어갔다.

에드워드는 처음 보는 희귀한 풍경에 깜짝 놀랐다. 천장에는 모형 건축물이 달려 있었고 전시관에는 수십 개의 빌딩 모형들이 전시되어 있었다. 이 테마파크의 소유주인 앤드류의 작품이었다. 중앙 홀에서는 이번 공모전이 열릴 준비가 마무리되어 가고 있었다. 시작 시간까지 20분이 남은 터라 많은 관계자들이 바쁘게 움직였다. 발표회장에는 발표를 할 단상에는 강연대와 스크린이 설치되어 있었고, 원형 테이블은 4개의 의자가 붙어 있는 형식으로 지인들이 앉을 수 있게 되어 있었다. 공간을 더 넓히기 위해서였다. 에드워드와 아벨은 발표회장으로 들어섰다. 에드워드가 뭔가를 발견하고 아벨에게 말했다.

"투표도 하니?"

"이번 공모전에선 일반인의 생각도 평가에 반영을 해. 건축가들이 제시해 놓은 설계도와 모형 건축물을 보고 가장 훌륭하다고 생각하는 작품을 투표하는 거지."

"그렇구나."

이때 아벨의 스승인 엔듀 로릭과 이 테마파크의 주인인 앤드류가 에드워드가 있는 쪽으로 걸어 왔다. 엔듀 로릭은 캐주얼 정장에 왼쪽 주머니에 노란 손수건을 꽂았고, 오른쪽 주머니에는 수첩과 제도 연필을 끼어 놓았다. 키가 언뜻 보기에도 180cm는 넘어 보이는 장신이었다. 반짝반짝 빛나는 구두를 신은 그의 옷차림은 매우 단정했다.

그 옆에서 걸어오는 앤드류는 160cm로 보이는 작은 키를 지녔고, 단정하지 않게 구두의 뒤꿈치를 구겨 신고, 옷깃을 세워 한눈에도 급하고 차분하지 못한 성격임을 알 수 있었다. 아벨은 그들을 반갑게 맞이하고 그들에게 에드워드를 소개했다.

"선생님, 제가 말씀드린 친구 에드워드입니다."

엔듀 로릭이 놀라며 에드워드에게 말한다.

"말씀 많이 들었습니다, 탐정님. 탐정님이 제 제자의 친구분이실 줄이야……. 깜짝 놀랐습니다."

"저도 아벨의 스승님이 로릭 선생님 같은 유명한 건축가일 줄 꿈에도 몰랐습니다. 아무튼 반갑습니다."

"유명하다니요, 이것 참 쑥스럽군요."

"아닙니다, 정말 유명하신 걸요. 건축 솜씨도 뛰어나시고."

에드워드와 로릭의 대화가 오고 갔다. 그리고는 아벨이 앤드류를 소개했다.

"에드워드, 이분은 이 테마파크를 설립한 앤드류 선생님이셔. 로릭 선생님의 대학교 동창이지 선생님과 라이벌이신 분이야. 앤드류 선생님도 우리 선생님 못지않게 많은 훌륭한 건물들을 많이 지으셨지. 그중 하나가 지금 우리가 있는 이 그린 테마파크고. 아무튼 인사해."

에드워드가 고개를 숙이며 앤드류에게 인사한다.

"평소에 많이 존경했습니다. 앤드류 건축가님, 오늘 이 그린 테마파크에 처음 와봤는데 정말 멋져요. 만나서 반갑습니다."

앤드류가 썩은 미소를 지으며 뭔가 불편한 표정으로 말을 한다.

"네, 반갑습니다. 탐정님 명성은 많이 들었습니다."

"아닙니다, 명성이라니요. 과찬이십니다."

아벨이 끼어들며 말한다.

"지금 시작한답니다. 자리에 앉죠."

에드워드와 일행들은 테이블 좌석에 앉았다. 이때 시작을 알리는 사회자의 인사말이 시작되었다.

"신사숙녀 여러분 안녕하십니까. 저는 오픈 브릿지 디자인 공모전의 사회를 맡은 페드로라고 합니다. 그럼 지금부터 공모전을 시작하겠습니다."

사회자의 말이 끝나고 아벨이 에드워드에게 속삭인다.

"이제 시작하는 거야. 저번에 이런 비슷한 공모전에 참석한 적이 있었는데 처음에는 참가 건축가들이 간단히 인사를 하고 그 후에 건축가들의 전시물을 관람하는 시간을 가져. 마지막에는 하이라이트로 건축가들의 발표를 듣고 심사위원들이 평가해 최종 디자인을 결정해."

"그렇구나. 로릭 선생님은 몇 번째로 발표하는 거야?"

"로릭 선생님은 10번째로, 마지막이야."

잠시 후 참가 건축가들이 단상에 일렬로 서서 심사위원들과 기자들에게 인사를 하고, 일반인들은 건축가들이 전시해 놓은 모형 건축물을 관람하는 시간을 가졌다. 에드워드와 아벨은 전시관으로 향했다. 에드워드는 앤드류와 똑 닮은 사람을 발견하고서는 아벨에게 말했다.

"저 사람 앤드류 선생님과 진짜 많이 닮았네?"

"에드워드, 저 사람은 앤드류 선생님의 아들 존 노틸 씨야."

"그렇군, 그럼 노틸 씨 옆에 있는 분은 누군지 알아?"

"저분은 어디서 많이 봤는데……."

“모르는구나.”

아벨이 기억이 났다는 듯한 표정으로 말했다.

“아, 맞다. 앤드류님의 조수분이셔. 작년 공모전에서 뵌 적이 있지. 최근에는 안 보이던데, 오늘 보네.”

“그럼 가서 인사나 하자.”

“그래”

아벨은 서로 대화를 주고받고 있는 노틸 씨와 앤드류의 조수에게 가서 말을 걸었다.

“노틸 씨, 안녕하세요.”

노틸 씨는 반가운 표정으로 말을 했다.

“아, 로릭 선생님의 제자분이시죠?”

“네 맞습니다.”

“아, 이름이 뭐였더라. 그 뭐지…… 아빌이었던가.”

“아빌이 아니라 아벨입니다.”

“아… 죄송합니다, 아벨 씨.”

“별 거 아닙니다.”

노틸은 옆에 있던 에드워드를 손으로 가리키며 말했다.

“어, 이분은 어디서 많이 봤었는데…….”

에드워드가 고개를 숙이고 정중히 인사했다.

“에드워드라고 합니다. 탐정이죠.”

노틸이 이제야 알았다는 듯 말을 했다.

“아 그래, 에드워드 탐정님. 만나서 반갑습니다. 여기는 어떤 일로 오신 거죠?”

“저는 아벨의 오랜 친구입니다. 아벨이 초대를 해서 오게 됐죠.”

“그렇군요. 이 테마파크에는 볼 것이 많으니까 많이 구경하다 가세요.”

“네.”

노틸이 오른손으로 집고 있었던 와인 잔을 내려놓고 에드워드에게 귓속말을 하였다.

"그리고 마지막에 오픈 브릿지 디자인을 채택하는 심사가 열릴 예정이니 그때 제 아버지에게 한 표 좀. 이번 공모전은 일반 손님들에게도 전시되어 투표를 하거든요."

에드워드가 애써 웃으며 말했다.

"예……."

"그런데 옆에 조수 분은 왜 말씀이 없으신지……."

노틸이 안색이 좋지 않은 조수 조단을 가리키며 말했다.

"이분은 제 아버지의 조수인 조단 씨입니다."

"네, 아벨한테 들었습니다, 반갑습니다."

"네, 반갑습니다."

조단은 아무 말도 하지 않고 주위를 두리번거렸다. 에드워드가 말했다.

"조단 씨는 이 상황이 불편한 것 같은데, 낯을 많이 가리나 보네요?"

노틸이 공감하는 표정으로 말했다.

"네, 시골에서 도시로 온 지 4년이나 됐는데 아직 사람 많은 곳과 큰 장소는 낯설고 어색하게 느끼는 것 같더라고요."

에드워드가 말을 조심스럽게 건넸다.

"계속 지켜봤는데 두 분, 별로 친하지는 않은가보네요."

노틸이 말했다.

"무슨 이유인지는 모르겠지만 2년 전부터 계속 저한테 말을 별로 안 하고 차갑게 대하는 것 같은 느낌이에요. 그렇게 친하지는 않지만 가끔 만나는 편이죠."

노틸이 화제를 돌리며 말했다.

"그나저나, 제 아버지 혹시 어디 계신지 아시나요?"

"아까 발표회장에 계시던데……."

"그렇군요. 그럼 저희는 이만."

　에드워드와 아벨은 노틸과 조단과의 대화 후 전시관을 둘러보았다. 로릭, 앤드류 등 유명 건축가들이 전시해 놓은 많은 훌륭한 건축물들이 있었다. 에드워드는 둘러보면서 한 건축물이 마음이 드는 듯 손으로 그 건축물을 가리키며 아벨에게 말을 걸었다.

　“나는 이게 제일 좋은 것 같아.”

　이건 한 달 전에 완공된 선생님의 첫 번째 호텔인데….”

　“첫 번째 호텔?”

　“그래, 첫 번째 호텔. 선생님께서는 지금까지 빌딩을 지어오시다가 2년 전 처음으로 호텔 건설에 도전하셨어.”

　“첫 호텔 건설치고 정말 훌륭한데? 디자인도 마음에 들고, 시설도 좋고.”

　“당연하지, 선생님이 지은 건물인데. 아, 맞다! 선생님께서 이번에 자신의 설계가 채택이 되면 이 호텔에서 재워주시겠다고 했는데…….”

　“정말?”

　“로릭 선생님이 뽑히게 되면 너도 나도 그 호텔에서 잘 수 있을 거야. 무료로. 돈 주고 못 갈 정도로 비싼 스위트룸 같은 데서 말이야.”

　“상상만 해도 좋군.”

　에드워드와 아벨은 그렇게 떠들어대며 전시물을 둘러다 보았다.

　잠시 후 사회자의 말이 스피커를 통해 들려왔다.

　“신사숙녀 여러분, 곧 마지막 코너인 건축가들의 발표회가 열리겠습니다. 전시장에 있으신 분들은 발표회장으로 와주시길 바랍니다.”

　사회자의 말이 끝나자 전시장에 있던 사람들이 우르르 발표회장으로 대거 이동했다. 에드워드와 아벨도 발표회장으로 향했다.

　10분 후 발표회가 시작되었나. 사회자가 상연대에서 마이크를 잡고 말했다.

　“자, 발표회를 시작하겠습니다. 첫 번째로 앤드류 건축가님께서 자신의 설계 내용을 발표하시겠습니다.”

　사회자가 내려와 참석한 지인들에게 유인물을 나누어 주었다. 앤드류가 자리에서 일어나 단상으로 올라갔다. 스크린이 밑으로 서서히 내려왔다. 앤드류가 단상에서 힘차게 말했다.

"안녕하십니까, 저는 존 앤드류라고 합니다. 지금부터 제가 설계한 오픈 브릿지를 보여드리겠습니다. 많은 관심 부탁드립니다."

노틸과 조단은 앤드류의 말이 끝나자 있는 힘껏 박수를 치면서 함성을 질렀다. 곧이어 앤드류가 자신의 설계를 발표했다.

"오픈 브릿지는 베네티안 아일랜드로 가는 길목의 중요한 다리가 될 것입니다. 제가 설계한 오픈 브릿지는 디자인은 물론, 차량의 안전과 편안함을 고려한 다리입니다. 주요 특징은 미국 최고의 안전도를 자랑할 교량설계와 야간에 밝게 빛나는 화려한 조명, 자전거 이용객들을 위한 자전거대로 등 많은 기능들을 추가한 것입니다. 자세한 사항은 나눠드린 설계도에 있을 것입니다. 잘 보시고 평가해 주십시오. 제 발표를 들어주서서 감사합니다."

앤드류의 발표가 끝나고 다음 발표자인 로릭이 단상 위에 올라갔다.

로릭이 올라가자 많은 박수들과 함성이 들려왔다. 로릭의 인기와 명성을 알 수 있는 상황이었다. 로릭은 고개를 숙이며 인사했다.

"안녕하십니까. 이번 공모전에 참가한 엔듀 로릭이라고 합니다. 지금부터 제 발표를 시작하겠습니다."

에드워드와 아벨은 박수를 힘껏 쳤다. 로릭은 레이저 펜을 이용해 스크린 여기저기를 가리키며 발표했다.

"지금 보시는 그림은 완공했을 때의 모습입니다. 화려한 디자인 대신에 깔끔하고 단아한 자태를 뽐내는 디자인을 적용시켰습니다. 앤드류 씨처럼 저도 자전거대로를 설계 항목에 넣었습니다. 화려한 조명보다는 단아하고 순백한 느낌의 조명을 달 것입니다. 그리고 무엇보다도 중요한 안전성을 위해 7.2 강도 이상을 견디는 이중교량설계를 했습니다. 지금 보시는 것은 하이라이트인 오픈 브릿지 전망대입니다. 오픈 브릿지 주탑에 올라가 마이애미 시와 베네티안 아일랜드, 넓은 바다를 볼 수 있게 하였습니다. 밤에는 멋진 야경을 볼 수 있게 할 것입니다. 그리고 다른 설계 특징에는……."

로릭이 발표를 마쳤다. 그리고 세 번째 참가자인 스콜린에 이어 4명의 건축가들이 발표를 했다. 다섯 건축가의 발표가 끝나고 심사위원들의 평가가 이루어졌다. 그리고 공모전에 온 관람객들이 투표를 하였다. 그리고 인터넷에서도 오픈 브릿지에 관한 투표를 실시하였다. 이 투표는 일주일간 실시되며 일주일 후에 최종결과가 발표된다. 2시간 후 오늘 투표 결과가 발표될 예정이다. 에드워드와 아벨은 로릭의 좌석으로 갔다. 에드워드가 말을 꺼냈다.

"로릭 선생님, 오늘 발표 잘 들었습니다. 훌륭하던데요!"

로릭이 쑥스러운 듯 말했다.

"아니, 뭘…… 좋게 들어주시니 감사합니다, 탐정님."

"말씀 낮추세요, 저보다 나이 많으신데. 에드워드라고 부르세요."

"제가 말을 잘 못 놓는 편이라…… 아벨한테도 간신히 말을 놓았거든요."

아벨이 맞장구를 치며 말했다.

"맞아, 처음 뵈고 한 달 동안 말을 못 놓으셨다니까. 아벨 씨, 여기 좀 청소해 주실래요? 연필 좀 사다주실 수 있을까요? 이렇게 말이야."

"그렇구나, 그럼 뭐……."

이때 사회자 랜스의 말이 들려왔다.

"자, 오늘 투표 결과를 말씀 드리겠습니다."

모두들 숨을 죽였다. 최종 결과는 아니었지만 많이 긴장하는 눈치였다.

"오늘 투표 결과 1위는 102표로 엔듀 로릭 씨가 차지했습니다. 2위는 85표로 앤드류 씨, 3위는 79표로 스콜린 씨입니다."

발표 결과가 나오자 많은 사람들이 1, 2, 3위에게 박수와 함성을 보냈다. 에드워드와 아벨은 매우 기쁜 표정으로 로릭에게 축하의 말을 건넸다.

"정말 축하해요, 로릭 선생님."

에드워드도 덧붙였다.

"축하드립니다, 로릭 건축가님."

로릭이 쑥스러움과 기쁨을 반반 가진 밝은 얼굴로 말을 했다.

"감사합니다. 비록 첫날이기는 하지만, 구경꾼들이 공정하게 투표를 해서 제 설계를 가장 좋다고 평가 받았으니 저도 기쁩니다."

이들이 대화를 하고 있을 때 건너편에서는 앤드류 일행이 말을 하고 있었다. 노틸이 아버지에게 말을 했다.

"아버지, 정말 훌륭했어요. 로릭 선생님과 별로 표 차이 안 나는 걸요."

앤드류는 화가 난 듯 말했다.

"첫날에 2위라니, 예상보다는 많은 호응을 얻은 것 같지만 이런 결과가 나올 줄은……."

조단이 기침을 콜록콜록하며 말했다.

"선생님, 실망하지 마세요. 아직 기간이 많이 남았으니까요."

앤드류는 불평불만인 표정을 하고 테마파크를 뛰쳐나갔다. 그는 곧바로 주차장으로 향했다. 그리고 테마파크를 벗어났다. 노틸이 말했다.

"아버지 많이 화나신 것 같은데, 2위에 만족을 못하시나 봐."

로릭 일행이 노틸 쪽으로 다가왔다. 로릭이 노틸에게 말을 걸었다.

"노틸, 아버지는?"

"먼저 가셨어요."

"왜?"

"이건 제 생각인데, 이번에 정말 다른 때보다 열심히 준비하셔서 아쉬운가 봐요. 첫날이 가장 중요한 거잖아요. 첫날에 이번에는 1등을 하겠지, 생각했는데 선생님께 지셔서 그러신 것 같아요. 항상 건축 의뢰가 들어오면 선생님과 경쟁하다 지셨으니까. 근데 오늘은 좀 뭔가 다른 때보다 더 안 좋아 보이시네요."

"그렇구나. 앤드류가 그런 줄 처음 알았어."

"티를 안 내시려고 노력하는 분이지만 오늘은 뭔가 다르네요."

"그럼, 앤드류 없이 모임을 진행해야 하겠군."

노틸이 놀라며 말했다.

"아, 맞다. 오늘이 모임 날이지."

"노틸, 몰랐었어?"

"깜빡 잊고 있었어요."

"이번 모임 주최는 내 차례니까 헤롤드 호텔로 와, 6시까지."

"예."

에드워드는 아벨에게 물었다.

"오늘이 모임?"

아벨이 말했다.

"오늘 건축가들끼리의 모임 날이야. 많은 건축가들이 모여 대화를 하고 건축에 대한 생각을 서로 주고받는 자리이지."

"근데 왜 나한테 말 안 했어?"

"깜빡 잊었어."

"그럼 나도 가도 되는 거야?"

"당연하지. 넌 내 초대 손님이니까. 게다가 넌 유명한 탐정이고……."

로릭이 아벨에게 말했다.

"먼저 갈 테니까 에드워드 씨 모시고 와."

"네, 선생님."

로릭은 차에 올라타 가장 먼저 호텔로 향했다. 노틸과 조단도 차가 있는 곳으로 향했다. 에드워드와 아벨도 곧 차에 올라탔다. 아벨이 운전석에 앉으며 말했다.

"내가 길 잘 아니까 내가 운전하지."

"그래."

에드워드와 아벨의 차가 지하 2층에서 1층으로 올라갔다. 1층 통로에서 조단이 누군가와 통화를 하고 있었다. 그는 매우 심각한 얼굴을 하고 있었다. 무슨 중요한 통화를 하고 있는 것 같았다. 아벨이 말했다.

"조단 씨네."

"그렇네. 근데 표정이 안 좋아 보여. 무슨 통화를 하는지 궁금해지는데?"

에드워드의 차는 주차장을 벗어났다. 그들은 헤롤드 호텔로 향했다.

30분 후 에드워드와 아벨은 헤롤드 호텔에 도착했다. 아벨은 안전벨트를 풀고 차에서 내렸다. 에드워드는 주차를 하러 주차장으로 갔다. 잠시 후 주차장에서 에드워드가 오며 아벨에게 말했다.

"휴, 차가 많네."

"오늘은 모임 날이니까, 건축가뿐 아니라 지인들도 많이 오니까"

"그나저나 이 호텔 정말 멋있다. 태어나서 처음 보는 디자인의 호텔이야."

아벨이 자랑스럽게 말했다.

"선생님 작품인데 당연히 멋있지. 선생님께서는 기본 양식에다가 새롭고 독창적인 것들을 많이 부가시키시지. 이 호텔의 가장 멋있는 점은 야경이야. 로릭 선생님이 운영하는 맨스터 건축사무소에서 가장 앞 글자 M을 본따서 M 모양의 아름다운 조명이 밤마다 도시를 비추지."

"밤에 기대해 볼게."

"응, 정말 멋있다니까~"

에드워드와 아벨은 호텔 안으로 들어갔다. 로릭은 1시간 후에 있을 모임 준비를 하느라 분주했다.

10분 후 조단과 노틸도 도착했다. 잠시 후 건축가들과 지인들이 많이 도착했다. 로릭이 하고 있는 일을 중단하고 회원들에게 말했다.

"오늘 건축 모임 날입니다. 오늘 제가 1위를 해서 기분이 아주 좋습니다. 이 호텔은 한 달 전에 완공된 제가 지은 호텔입니다. 손님을 모시기는 오늘이 처음이죠. 1위 한 기념으로 제가 맛있는 저녁을 쏘고 VIP룸과 스위트룸으로 모시겠습니다."

많은 회원들이 박수와 함성을 보냈다. 로릭이 아벨을 불러 말했다.

"명단과 방 키를 줄 테니 방 키를 나눠 드려."

"네."

아벨이 명단과 방 키를 받고 약 20여 명이 되는 회원들에게 나누어 주었다. 회원들은 각자 배정받은 방으로 이동했다. 에드워드와 아벨도 배정받은 방으로 이동해 짐을 풀었다. 잠시 후 관리실에서 방송을 했다.

"10분 후 모임이 시작됩니다. 모임에 참석한 분들께서는 지금 바로 식당으로 와주시기 바랍니다."

에드워드와 아벨은 방송을 듣고 엘리베이터를 타러 갔다. 엘리베이터 안에는 키는 별로 크지 않지만 체격이 큰 남성이 타고 있었다.

에드워드가 남성에게 말을 걸었다.

"모임원이신가요?"

남성이 걸쭉한 목소리로 말했다.

"네, 댁은? 처음 보는데, 어 그런데 당신 최근 기사에 많이 나온 에드워드 탐정과 많이 닮았네요."

"제가 에드워드 탐정입니다."

"정말요?"

아벨이 말했다.

"네, 에드워드 탐정 맞아요, 스콜린 씨."

"아벨 씨가 그런 말을 하니 맞는가 보네요, 무슨 관계이신지."

"친구입니다. 오랜 절친이오."

"그렇군요."

에드워드가 말했다.

"만나서 반갑습니다, 스콜린 씨."

"저도 만나서 반가워요, 에드워드 탐정님."

"그럼, 같이 가시죠."

에드워드 일행들은 식당으로 향했다. 식당에는 이미 상당수가 와 있었다. 노틸과 조단도 먼저 와 있었다. 모임이 시작되었다. 로릭이 인사말을 했다.

"오늘이 50번째 모임이군요. 안녕하십니까, 모임 개최자 엔듀 로릭이라고 합니다. 저녁 드시면서 대화도 하시고 하여튼 오늘 많이 즐기다 가시길 바랍니다."

많은 회원들의 박수가 이어졌다. 모임이 시작되었다. 건축가들은 서로 자신이 설계한 설계도를 꺼내어 다른 건축가들과 생각을 주고받았다. 로릭과 아벨도 회원들을 만나며 대화를 했다. 회원들은 저녁식사를 하면서 대화를 주고받았다. 에드워드는 뭔가 혼자가 된 기분이었다. 에드워드가 아벨에게 말했다.

"야, 너무 건축이야기만 하지 마. 나 심심해!"

"미안, 건축 모임이다 보니까. 그럼 너도 건축가들에게 말을 붙여봐. 네가 이때까지 해결한 사건 중에 재밌는 사건 같은 거 말이야."

"그럴까?"

"그래. 회원들도 좋아할 걸?"

에드워드는 아벨의 말을 듣고 아벨의 소개로 많은 건축가들을 만났다. 그리고는 자신의 소개를 하고 자신이 해결한 사건 중 재밌는 사건들을 뽑아 말을 했다. 건축가들의 반응이 좋았다.

이렇게 시간이 흘러 2시간이 지났다. 모임이 끝나고 회원들이 자신의 방으로 올라갔다. 때는 8시였다. 에드워드와 아벨도 방으로 향했다. 곧이어 로릭도 마무리를 짓고 자신의 방으로 이동했다. 에드워드와 아벨은 8층에 가기 위해 엘리베이터에 탔다. 에드워드가 말했다.

"오늘 정말 재미있었어."

"나도, 네가 해결한 사건 중 뉴욕에서 있었던 사건 정말 웃겼던 걸."

"그 사건만 생각하면 나도 웃음이 절로 나지."

"그럼 각자 방으로 갈까?"

"그래, 내일 보자."

"어, 나는 잠시 로릭 선생님한테 갔다가 갈게."

"그래."

에드워드는 방문을 열고 방에 들어갔다. 에드워드가 감탄을 하며 말했다.

"우와, 정말 좋군."

넓은 실내에 고급스러운 소파, 깔끔하고 큰 탁자, 2개의 화장실, 발코니까지 VIP룸답게 실내의 시설은 굉장히 고급스럽고 훌륭했다. 에드워드는 피곤한지 씻지도 않고 바로 옷을 벗고 침대에 누웠다.

"정말 푹신푹신하군."

에드워드는 그렇게 내일 일어날 비극을 모른 채 잠이 들었다.

아침 7시가 되었다. 에드워드의 방에 초인종이 울렸다. 에드워드가 일어나며 이불을 걷어내고 문 쪽으로 왔다.

"누구지?"

에드워드가 잠긴 목소리로 말했다.

"누구세요?"

"나야, 아벨."

"어 아벨, 벌써 일어났어?"

"일어나, 7시야."

"일찍 일어나는 네 습관을 나에게 강요하지 말라고 말했잖아, 왜 깨우는 거야."

아벨이 말했다.

"일찍 일어나는 것이 몸에 좋다고. 탐정 일을 하는 녀석이 몸을 잘 챙겨야지."

"날 위해주는 건 알겠는데 너무 피곤해."

"그래도 일어나. 빨리 씻어."

"알았어, 일단 들어와."

아벨이 에드워드 방으로 들어왔다. 에드워드는 욕실로 향했다. 양치를 하고 세수를 하고 머리를 감았다.

10분 후 수건을 머리에 감싸고 에드워드가 욕실에서 나왔다. 아벨이 말했다.

"빨리 머리 말리고 선생님께 가자."

"로릭 선생님께?"

“선생님께서도 늦게 일어나는 편이셔서…….”

“알았어.”

에드워드는 옷을 입고 아벨과 함께 방을 나섰다. 그리고 로릭의 방으로 갔다. 로릭의 방은 한 층 위였다. 한 층 위 9층에서는 노틸, 조단, 스콜린, 로릭 그 외의 건축가들의 방이 있었다. 에드워드와 아벨은 엘리베이터를 타고 9층에 도착했다. 그리고 뚜벅뚜벅 로릭의 방으로 향했다. 노틸이 중앙복도에서 체조를 하고 있었다. 에드워드가 노틸에게 말했다.

“선생님, 아침마다 체조하세요?”

“네, 탐정님. 전 매일 이렇게 일어나서 체조를 해요. 그런데 두 분이 아침부터 9층에는 무슨 일로? 탐정님과 아벨은 8층 아니셨나요?”

“네, 8층 맞아요. 로릭 선생님을 깨우려고…….”

아벨이 끼어들며 말했다.

“네, 선생님께서 저혈압이 있으셔서 늦게 일어나시거든요, 오늘은 아침 스케줄이 있어서 빨리 일어나셔야 해서…….”

“그렇구나.”

“그런데 조단 씨는?”

“조단? 모르겠어. 아직 자고 있나.”

“선생님 깨우고 조단 씨한테도 가볼까요?”

“그러지.”

에드워드와 아벨은 노틸과 함께 로릭의 방으로 향했다. 에드워드가 로릭의 방 초인종을 눌렀다.

“선생님, 일어나세요.”

아무 기척도 없었다.

“선생님, 일어나세요.”

아무 소리도 나지 않았다. 마치 영원히 잠든 것처럼. 아벨이 문을 두드려 보았다.

"로릭 선생님, 7시입니다. 일어나세요. 아침 스케줄 있으시잖아요!"

로릭은 아무 대답도 없었다. 노틸이 말했다.

"완전 잠드신 것 같은데……."

아벨이 말했다.

"뭔가 이상한데… 잠은 많으셔도 예민한 분이라 이런 소리면 듣고 깨어나실 텐데."

에드워드는 계속 초인종을 눌렀다. 수십 번을 눌러도 아무 대답도 기척은 없었다. 에드워드는 문고리를 한 번 돌려봤다. 문은 잠겨 있었다. 아벨이 말했다.

"느낌이 이상해. 내가 비상 열쇠를 가지고 올게."

잠시 후 아벨이 비상 열쇠를 들고 왔다. 비상키를 이용해 문을 열었다. 그 순간 끔찍한 현장이 나타났다. 아벨과 노틸은 고함을 질렀다.

"으아아아아아아아아아아악!"

아벨과 노틸은 정신을 놓을 정도로 쇼크를 받았다. 그들은 벌벌 떨며 말했다.

"이게 어떻게 된 일이지, 로릭 선생님……. 그리고 이 남잔……."

아벨이 엎어져 있는 한 남성을 뒤집었다.

"아니, 스콜린 씨!"

에드워드도 깜짝 놀란 듯 말했다.

"이게 대체 무슨 일이야. 호텔에서 살인 사건이 일어나다니……."

현장에는 짐들이 방바닥에 여기저기 어질러져 있었고 한바탕 싸움이라도 한 듯 유리잔이 깨져 있었다. 탁자 의자가 소파 근처에 있었고 피를 흘린 스콜린이 현관에 엎어져 있었다. 로릭은 스콜린 위쪽에 역시 쓰러져 있었다. 에드워드는 신속하게 상황을 파악하고 아벨에게 경찰에게 연락을 하라고 전했다.

"아벨, 빨리 경찰에 연락해."

"알았어."

에드워드는 피해자들을 꼼꼼히 관찰했다. 스콜린 씨의 이마에는 총을 맞은 듯한 흔적이 있었다. 그리고 로릭을 관찰했다. 로릭은 별다른 상처가 없었다.

하지만 그의 목에는 뭔가에 조여 질식사한 듯 끈 자국이 선명히 남아 있었다. 어질러진 방과 피해자들의 상태로 보았을 때 스콜린 씨가 끈으로 그의 목을 감아 질식사시키려고 하였고, 로릭은 막으려다가 어쩔 수 없이 총을 들고 방어를 하다가 쏜 모양이었다. 에드워드는 피해자를 관찰한 후 사건 당시의 상황을 알기 위해 방 안을 샅샅이 조사했다. 아벨이 천장을 보고 말했다.

"못을 박아놓은 것 같은 흔적인데, 뭘까?"

그리고 에드워드는 탁자에 있을 의자가 소파에 있는 것을 보고는 의심을 갖고 의자를 관찰했다.

"근데 의자가 왜 나와 있는 거지, 수상한 점이 많아. 타살인 게 분명해. 분명 뭔가 숨겨진 비밀이 있을 거야. 트릭을 썼거나."

곧 경찰이 도착을 했다. 켈빈 경감이 방으로 들어섰다. 에드워드가 켈빈 경감을 보며 말했다.

"켈빈 경감님."

"무슨 사건인가. 상황을 말해 보게!"

"피해자는 엔듀 로릭 씨와 스콜린 씨이며 둘 다 건축가입니다. 제가 친구 아벨을 따라 이 호텔에서 열리는 건축 모임에 따라왔다가 하룻밤을 보내고 아침 스케줄 때문에 빨리 일어나야 하는 로릭 씨를 깨우기 위해 왔는데, 들어와 보니 이런 상황이 펼쳐진 것입니다. 스콜린 씨는 이마에 총상으로 보아 이것이 사인이고, 로릭 씨는 끈에 조여 질식사한 것 같습니다."

"그렇군, 알렉스 형사, 에릭 형사 들어오게."

알렉스와 에릭이 들어오면서 말했다.

"또 봅니다, 탐정님."

"나도 또 보네, 그만 봤으면 좋겠어."

"그나저나 이게 무슨 일인지……."

"나도 모르겠어, 현장 상황을 봤을 때는 서로 싸우다 우발적으로 흥분해서 죽인 것 같지만, 둘 다 그럴 성격은 아니란 말이야. 뭔가 있어."

시끄러운 소리에 조단이 방에서 나왔다. 노틸이 조단을 발견하고는 조단을 불렀다.

"조단, 큰일났어. 로릭 선생님과 스콜린 씨가 죽었어."

조단이 놀라며 말했다.

"뭐라고요? 로릭 선생님과 스콜린 씨가?"

"그래, 빨리 와봐."

에드워드는 형사들에게 말했다.

"사건 해결을 위한 단서가 너무 없어. 일단 복도에 달린 CCTV를 살펴봐야 겠어."

알렉스 형사가 CCTV 분석을 위해 내려갔고 감식반에서는 로릭의 방에 있는 물건들을 전부 조사했다. 그리고 사망시간을 분석했다.

잠시 후 알렉스가 도착했다. 알렉스가 말했다.

"이것이 어제부터 오늘 아침까지의 CCTV 영상입니다."

"CCTV를 분석하면 단서가 더 나올 거야. 8시 이후부터 보지."

알렉스, 에릭 형사와 에드워드는 CCTV 영상을 보며 단서를 찾아나갔다. 에드워드가 말했다.

"8시 10분 로릭 씨가 방으로 들어왔군. 8시 22분 아벨이 로릭 씨의 방을 찾았고, 8시 42분 조단 씨가 왔었고, 9시 10분 노틸 씨가 로릭 씨의 방으로 왔군. 마지막으로 9시 57분 피해자인 스콜린 씨가 왔어."

이때 감식반이 분석을 마치고 말했다.

"피해자의 사망시각이 나왔습니다. 피해자 두 명 모두 10시 10분 경으로 사망시각이 거의 같았습니다. 그리고 유리 찻잔에서 다량의 수면제가 나왔습니다."

에드워드가 말했다.

"사망시각이 거의 같고, 의자와 천장에 있는 못자국, 그리고 로릭 씨의 목에 남은 끈 자국, 감은 대충 잡히는군. 경감님, 여기 청소담당관계자를 불러서 청소 타임이 언제인지 물어봐주시겠습니까?"

경감이 말했다.

"그러지."

잠시 후 관계자가 와서 말을 했다.

"어제 청소 타임은 4시에서 8시까지였습니다. 9층이 제일 마지막이니까 6시에서 8시까지로 시간이 잡혀 있었습니다."

"혹시 방안에 이상한 것이 있었다거나 하진 않으셨는지……."

"아니요. 청소 담당이 저라 매일 청소부가 저한테 보고를 하는데, 어제 그런 보고는 들은 적은 없었습니다."

"그렇군요."

켈빈 경감이 말했다.

"그렇다면 6시에서 8시 사이에서는 범행이 불가능했고 8시 이후부터 사망 시각 10시 10분까지 범행이 일어났다는 것이구만."

"네, 그렇죠."

"8시에서 10시 10분 사이에 들어간 사람이 범인이라는 소리니까, 그렇다면 아벨 씨, 조단 씨, 노틸 씨, 스콜린 씨가 용의자이구만. 하지만 상황 증거로 봤을 때는 스콜린 씨가 범인이고 스콜린 씨는 또 죽었으니 이 사건은 스콜린 씨가 로릭 씨를 살해하려하다가 되레 역습을 당해 서로 싸우다가 둘이 죽었다, 이렇게 결론 내릴 수밖에 없지 않은가?"

"언뜻 보면 그렇게 생각하기 쉽죠. 하지만 그렇게 쉽게 판단할 사건은 아닌 것 같은데요. 제가 생각하기에는 스콜린 씨는 범인이 아닌 것 같으니까요, 경감님."

"그럼 용의자들을 심문해 보지."

심문하기 전에 용의자들의 소지품 검사가 실시되었다. 아벨의 방과 아벨이 지니고 있는 소지품에서는 필기구와 노트, 스케줄표 외에는 살인도구가 될 만한 것은 없었다. 조단의 소지품에서는 카메라와 삼각기둥이 약간 휜 카메라 삼각대, 노트가 있었다. 역시 그에게도 살인도구가 될 만한 것은 없었다. 노틸 역시 아벨과 비슷하게 살인도구가 될 만한 것은 없었다.

아벨이 먼저 첫 번째 용의자로 심문을 받았다. 에드워드가 아벨에게 말했다.

"떨지 마. 넌 아니라고 믿으니까. 어제 로릭 씨의 방에서 무슨 일을 했는지 진실대로 말하면 돼."

알렉스 형사가 말했다.

"아벨 씨는 8시 22분 경 로릭 씨의 방으로 들어갔습니다. 맞죠?"

"네."

"무슨 일로 로릭 씨를 만나셨나요?"

"전 로릭 선생님의 조수여서 내일 아침에 있는 스케줄 상의를 위해 선생님의 방으로 갔습니다. 제가 홍차를 끓여서 홍차를 마시면서 축하의 말씀도 드리고 내일 스케줄 문제를 같이 상의했습니다."

"그렇군요, 알겠습니다."

다음 조단이 들어왔다.

"어제 로릭 씨의 방으로 들어가셨죠?"

"네."

"무슨 일로 로릭 씨를 찾았습니까?"

"앤드류 선생님께서 로릭 선생님에게 전할 말이 있다고 하셔서 저보고 대신 전해달라고 하셨습니다. 그래서 대신 전해주려고 간 것 뿐입니다."

"그 전해달라는 이야기가 뭐죠?"

"그건 말할 수 없습니다."

"조단 씨, 당신은 용의자입니다. 있는 사실 모두를 다 말하셔야 합니다. 그 이야기가 뭡니까?"

"말할 수 없습니다."

에드워드가 말했다.

"알렉스 형사, 뭔가 개인적인 것 같은데 그냥 두죠."

다음 세 번째 용의자 노틸이 신문을 받았다.

"당신은 어젯밤 로릭 씨의 방에 들어갔습니다. 맞으시죠?"

“네.”

“무슨 일로 가셨습니까?”

“저는 조단의 방을 찾으려다가 잘못 찾아서 로릭 선생님 방의 초인종을 눌러버렸습니다. 그러자 로릭 선생님께서 나왔고 방을 잘못 찾아왔다라고 했죠. 로릭 선생님께서 그러면 커피라도 마시고 가라고 해서 커피를 같이 마시고 나왔습니다. 이게 다입니다. 저는 절대로 범인이 아닙니다!”

심문이 끝나고 에드워드는 단서를 종합하여 추리하기 시작했다.

에드워드가 생각을 하는 가운데 에릭이 말했다.

“조단 씨가 수상한 것 같습니다. 심문할 때 무슨 이야기를 했냐고 제대로 답하지 않고 말을 못하겠다고 하는 것을 보면 뭔가 숨기고 있는 것 같습니다.”

에드워드가 말했다.

“그래, 신문했을 때를 보면 조단 씨가 가장 의심스럽지.”

알렉스 형사가 말했다.

“저는 노틸 씨가 수상한 것 같은데요. 너무 강하게 부인을 하는데다가, 번호를 착각해서 방을 찾아갔다. 솔직히 이런 경우는 거의 없잖습니까? 지어낸 것 같기도 하고⋯⋯.”

“맞아, 나도 그 점이 수상해. 말만 들어서는 누가 범인인지 정말 모르겠어.”

조단이 말했다.

“심문이 끝났으니, 저희들 이제 가도 되나요?”

경감이 말했다.

“범인을 잡을 때까지 있으셔야 합니다. 여러분들 중 반드시 범인이 있으니까요.”

조단이 말했다.

“그럼 화장실 좀. 너무 급해서⋯⋯.”

경감이 말했다.

“알렉스 형사, 따라가.”

“네.”

에드워드가 말했다.

“아니요, 제가 따라가죠.”

조단이 말했다.

“화장실 가는 데도 따라오시나요?”

조단이 불편한 듯 말했다

“용의자이시니까요.”

“그럼 뛰어가죠. 급해서…….”

이때 조단의 운동화 끈이 풀렸다. 그는 끈이 풀린 상태로 갑자기 뛰려다가 발을 접질러 넘어졌다. 조단이 끈을 다시 묶으려 했다. 에드워드가 유심히 그를 관찰했다. 에드워드가 말했다.

“끈이 좀 이상하네요, 왼쪽 끈 끝부분에 꽁지가 없어요.”

조단이 말했다.

“제 조카 놈들이 워낙 신발 갖고 장난을 많이 쳐서…… 이 운동화 끈 꽁지도 잘랐나보네요.”

“그런데 오른쪽 끈 꽁지는 그대로고 왼쪽 꽁지만 없습니다. 끈 자체도 이 운동화에 맞지 않게 길어 헐렁헐렁하죠. 그래서 잘 풀리는 겁니다.”

“끈이 맞지 않다니요, 살 때 이 끈이었는데…….”

“그런가요? 흠, 그럼 가던 길 갑시다.”

조단과 에드워드는 화장실에 갔다가 현장으로 돌아왔다. 에드워드는 점차 실마리를 풀어나가는 듯 미소를 띠었다. 에드워드는 용의자들의 소지품을 다시 관찰했다. 그리고 문고리와 의자를 유심히 살펴보았다. 천장에 있는 못이 박힌 자국을 발견하고는 범인을 알았다는 듯이 작은 목소리로 혼잣말을 했다.

“지금까지 총 얻은 단서를 종합했을 때, 범인은 바로 그 사람이군.”

에드워드가 웃으면서 경감에게 말했다.

“범인을 알아냈습니다.”

경감과 형사가 말했다.

"정말인가? 누군가?"

"범인은 바로……."

모두가 숨을 죽였다.

"범인은 바로, 조단 당신입니다."

조단이 강하게 부인을 하며 말했다.

"무슨 소리입니까! 제가 범인이라니요. 제가 범인이라는 증거 있나요?"

"증거 당연히 있죠. 바로 조단 씨, 당신이 신고 있는 운동화 끈과 카메라 삼각대입니다."

"끈과 삼각대가 어쨌단 말이죠?"

"먼저 끈은 로릭 씨를 수면제로 잠재우고 질식사를 시키는 데 사용한 것이고, 삼각대는 스콜린 씨를 죽이는 데 이용했죠. 그리고 의자와 끈을 이용해 그들을 동시에 죽였습니다."

"무슨 소리죠?"

"알렉스 형사, 날 좀 도와주게."

에드워드가 알렉스 형사에게 속닥거렸다.

"알겠나? 이렇게 세팅해 주게."

"네, 탐정님."

알렉스 형사는 문고리에 긴 끈을 묶고 의자 다리에 끈을 묶었다. 그리고 천장에 끈을 사람 목이 들어갈 크기의 원 모양으로 만들고 못을 박아 고정시켰다. 그리고 에릭을 의자 위에 서게 하고 머리를 원 속으로 집어넣었다. 그리고 카메라 삼각대의 양쪽 기둥에 운동화 끈을 묶고 비비탄 총을 장전시킨 다음 양쪽 기둥에 묶은 끈과 방아쇠를 연결해 팽팽하게 묶었다. 또 삼각대 밑을 의자 상체에 묶었다. 에드워드가 모두에게 말했다.

"이제 놀라운 일이 벌어질 겁니다."

잠시 후 에드워드가 헬멧을 쓰고 방문을 열었다. 방문을 연 순간 의자가 뒤

로 밀려나면서 에릭의 목에 묶여 있던 끈이 더 팽팽해져 목을 더 강하게 조여
오고 의자가 뒤로 밀려나는 바람에 삼각대가 뒤로 쓰러지면서 방아쇠를 당겨
에드워드의 헬멧을 맞추었다. 모두들 깜짝 놀랐다.

"소설을 써보자면, 조단 씨는 이 트릭을 이용해 두 명을 죽이고 방안을 어지
럽혀 서로 싸우다 홧김에 그렇게 된 걸로 꾸밀 작정이었겠죠. 신고 있는 운동
화에 끈이 너무 길어 운동화에 안 맞을 때부터 의심하기 시작했습니다. 끈을
버리거나 가지고 있으면 들킬 수도 있으니 운동화에 묶어서 들키지 않게 하려
는 속셈이었겠죠, 등잔 밑이 어둡다는 말이 있으니까요. 하지만 운동화 끈에는
세게 목이 졸리면서 떨어져 나온, 죽은 로릭 선생님의 DNA가 묻어 있을 겁니
다. 확인해 볼까요? 조단 씨, 사실을 말하세요!"

조단은 울먹거리며 말을 했다.

"맞습니다, 제가 범인이에요. 탐정님이 말한 그대로입니다. 하지만 스콜린
씨는 계획하고 죽인 것이 아닙니다. 로릭 선생님을 죽이는 데 목적을 두었는데
우연히 스콜린 씨가 방문을 열게 되어 죽게 된 것입니다."

"어쨌거나, 사람을 죽이다니요. 도대체 무슨 일 때문입니까!"

"잘못했습니다. 성공하려는 욕심 때문에……."

"성공하려는 욕심?"

"네, 성공하려는 욕심이요. 저는 조수 생활을 하면서 선생님의 아드님이신
노틸 씨와 차별을 많이 받고 생활해 왔습니다. 일만 하면 노틸 씨는 잘했다 칭
찬해 주고 저보고는 잔소리만 하셨죠. 제가 만든 설계도를 보여주었을 때도 항
상 칭찬보단 욕을, 노틸 씨는 욕보다는 칭찬을 많이 해주셨습니다. 힘든 일도
저에게만 다 시키고요. 처음에는 저를 강하게 훈련시키려고 그런 줄 알았지만
이런 생활이 반복되다 보니 정말 이런 삶이 싫어졌습니다. 그리고 선생님의 설
계, 건축 기술을 배우러 왔는데 3년 동안 허드렛일만 시키니 너무 힘들었습니
다. 그래도 선생님의 삶을 본받아서 열심히 건축에 힘써야겠다는 마음으로 조
수가 되었는데 실정은 그게 아니었습니다. 어제 스승님으로부터 연락이 왔습

니다. 느낌에 이번에도 로릭이 이번 건을 가져갈 것 같다. 경쟁자를 제거해야 나의 설계안이 뽑힐 확률이 높지. 이번에는 정말 공들여 한 것이라서 기회를 놓칠 수 없어. 그래서 네가 해줄 게 있다. 네가 이 일을 한다면 정말 너를 아끼고 인정해 줄 것이다. 대신 정말 깔끔히 처리를 잘해야 한다. 로릭을 죽여라. 내일 모임에 참가해서 자살을 위장한 것으로 죽여라. 수면제를 먹여 목을 매달든지, 떨어져서 죽는 걸로 하든지 아무튼 네가 했다는 것을 들키면 안 돼. 만약 들키 더라도 내가 지시했다는 것을 말하면 안 되고, 알겠어? 라고 말입니다. 그래서 많이 고민했습니다. 계속 이런 삶을 살아야 할까? 벗어나서 다시 고향으로 돌 아가 막노동이나 하면서 살까? 하지만 결국 내린 결론은 성공하는 것이었습니 다. 그래서 스승님이 하신 제안을 받아들이고 오늘 같은 일을 저지른 것입니다. 제가 큰 착각을 한 것 같습니다. 정말 잘못했습니다."

노틸이 충격을 받아 눈물을 흘리면서 말했다.

"아버지가 그럴 수가……."

에드워드가 눈물을 머금고 말했다.

"조단 씨는 엄청난 착각을 한 겁니다. 성공이 사람의 목숨보다 더 중요하다 는 착각이요."

"죄송합니다."

"저한테 죄송할 게 아니죠. 조단 씨 본인에게, 또 유가족들에게 죄송해 하고 미안해 하셔야 합니다."

"네, 천벌을 받아 마땅한 것 같습니다."

경감이 쓸쓸히 말했다.

"잡아가."

조단의 두 손에는 수갑이 채워졌고 경찰차로 끌려갔다. 살인을 지시한 앤드 류도 경찰에 잡혔다. 이렇게 이 살인 사건은 끝이 났다. 앤드류가 잡히는 현장 에 에드워드와 아벨도 있었다. 에드워드가 말했다.

"아벨, 어떡해?"

"선생님이 그렇게 되다니……. 지금 이 순간이 다 악몽 같아. 꿈이었으면 좋겠어."

"직업상 매일 겪는 살인 사건이지만 오늘처럼 비극적이고 슬픈 일은 처음이야."

"다 꿈이었으면 좋겠어."

앤드류가 수갑을 차고 경찰차에 오르던 때였다. 순식간에 총알이 그의 머리를 관통하였다. 앤드류는 즉사하였다. 형사들이 깜짝 놀라며 말했다.

"뭐야, 또 저격인가."

에드워드가 급히 달려와 말했나.

"이걸로 5번째인가, 의문의 스나이퍼에게 저격되는 희생자가…… 어쩌면 이 사람도……."

에드워드는 옷을 벗겨 그의 쇄골을 확인했다. 그의 쇄골에는 D5라고 적혀 있었다. 여태까지 희생자들은 전부 D와 숫자 문신이 쇄골에 새겨져 있었다.

에드워드가 말했다.

"D5라, 분명 뭔가 있어. 범인들을 죽이는 연쇄살인. 우리가 알지 못하는 무언가가 분명히 있을 거야."

마 이 애 미 주 의 비 극

예언

_ 배준형

마이애미의 하루는 그렇게 흘러갔다.

대원들과 경감은 지쳐만 가고, 다음 살인을 기다리는 것처럼 우물쭈물했다.

"어떻게 흔적이 있어도, 찾지 못하는 걸까요?"

"아마, 베테랑이겠지."

그때 누군가 다급하게 뛰어오면서, 노크 따위는 개나 줘버린 듯, 문을 쾅 열었다.

CSI 안내원이었다.

"무슨 일인데, 그렇게 다급한가?"

켈빈 경감이 물었다.

"경감님, 911입니다."

안내원이 전화기를 내밀며 말했다.

에드워드가 가로채며 스피커폰을 켜고, 전화를 받았다.

"여보세요?"

"911입니다. 켈빈 경감님 맞으신가요?"

"경감님과 같은 사건의 수사를 하고 있는 사람입니다. 무슨 일이시죠?"

"아, 누군가 전화를 했습니다. 여성이 사망했습니다."

에드워드가 말하려던 찰나에 켈빈 경감이 휴대전화를 가로챘다.

"켈빈일세. 한 여성이 사망했다고?"

경감이 다급한 듯이 물었다.

"그렇습니다."

"그곳에 혹시 무슨 표식 같은 것 없었나? 숫자 같은 거 말일세."

"아뇨, 그런 것은 없었습니다. 일단 현장에 가서서 확인해 보시죠. 위치는 히비스커스 아일랜드의 사우스 히비스커스 드라이브 인근 주택가입니다.”

911대원이 그렇게 말하곤 그만 끊어버렸다.

“뭐, 이런 사람이 다 있어?”

경감은 같은 소리만 내는 휴대전화를 보고 화를 냈다. 그 대원이 썩 좋지는 않은가 보다.

“경감님, 이 사건과 관련 있을지도 모르는데 한번 가보죠.”

에드워드가 경감을 달래고 말했다.

“자넨 언제나 그렇게 말하지.”

경감은 비웃으면서 옷을 입었다.

“대원들, 출동이다.”

에드워드가 말을 하자, 모두 그 자리를 떴다.

우렁찬 사이렌을 내며 히비스커스 아일랜드에 도착했다.

많은 사람들이 웅성거리며, 바닥을 바라보고 있었다. 한 여성이 엎드려 쓰러져 있었다. 에드워드 탐정을 포함한 켈빈 경감과 대원들이 마치 드라마를 찍듯이 현장으로 걸어왔다.

“대원들, 시작하지.”

경감이 대원들을 보면서 말했다.

“에드워드, 따라오게.”

켈빈 경감이 손짓을 하면서 말했다.

보지도 못한 대원이 시체를 둘러보고 있었다. 아마 조사하는 것 같았다.

“로렌.”

경감이 시체를 보면서 로렌을 불렀다.

“네?”

“이쪽은 내 동기인 에드워드일세, 탐정이지.”

경감이 에드워드를 가리키며 말했다.

“오!”

로렌은 재빠르게 새빨간 피가 묻은 고무장갑을 빼고, 손을 내밀었다.

"그 유명한 에드워드 탐정님이시군요. 만나서 반갑습니다. 전 시신 조사를 맡고 있는 로렌이라고 합니다."

"반가워요, 로렌."

에드워드 또한 손을 내밀며 서로 악수를 했다.

"로렌, 상황은 어떤가?"

켈빈 경감이 선글라스를 벗으면서 말했다.

"간 온도로 봐서는 5시간 전에 일이 일어난 것 같습니다."

로렌이 말했다.

"5시간 전이라면……, 새벽 3시에 사망했단 말이잖나."

"그렇죠."

"경감님. 잠시만 이쪽으로."

조사원이 부르는 소리에 경감은 한걸음에 달려갔다.

그는 경감에게 작은 목소리로 말을 걸었다.

"알겠네, 그만 가보게. 나머진 우리가 하지."

잠시 후에 경감이 에드워드의 옆으로 다가갔다.

"집을 조사해 봤는데, 누가 침입한 흔적이나 특별한 흔적은 없다고 하더군."

경감이 말했다.

"그럼 아는 사이라고 할 수 있겠네요."

"그렇겠지. 문에 지문이 있었으니까. 조사해 보면 잡힐 거야."

"알겠습니다."

잠시 침묵이 흘렀다.

"에드워드, 그놈과 관련 있는 사건이 아닌 것 같아. 다른 사람한테 맡기지."

경감이 깊은 한숨을 내쉬며, 말했다.

"아닙니다. 좀 더 조사해 보죠."

경감이 에드워드를 보며 못마땅한 표정을 지었다.

"경감님."

그때 로렌이 경감을 불렀다. 에드워드도 같이 갔다.

"경감님, 이걸 보세요."

로렌이 시체의 머리를 올렸다. 그러자 구멍이 발견되었다.

"이게 뭔가? 뭔가에 찔린 자국인가?"

"아닙니다. 그러기엔 너무 둥글고 커요. 이건……."

"총상이군."

에드워드가 말을 낚아챘다.

"이게 그놈의 짓일까?"

켈빈 경감이 탐정에게 물었다.

"아마도 그럴 겁니다."

"하지만, 남긴 표식이나 숫자가 없잖아?"

경감이 다시 물었다.

"그렇다고 그냥 넘어가선 안 됩니다. 연관이 있을지는 더 조사해 봐야죠."

탐정이 대답하자, 수색하던 조지가 달려왔다.

"경감님, 총알을 발견했습니다. 아마도 자살이 아닌 것 같습니다."

조지가 숨을 몰아쉬며, 말했다.

"그래, 알고 있네."

경감이 말했다.

"다른 건 없었나? 뭐 숫자나 표식 같은 것 말이야."

"아뇨, 그런 건 없었습니다. 하지만……."

"하지만?"

조지가 지퍼백에 든 총알을 들었다. 하지만 그 총알에는 홈이 없었다.

"이 총알은 223구경의 총알입니다. 하지만 홈이 없어요."

"뭐? 어떻게 홈이 없을 수가 있지?"

경감이 놀라면서 말했다.

“가능성은 많지.”

에드워드가 말했다.

“223구경의 소총도 많잖아. 음……. 조지.”

경감이 말했다.

“네!”

“일단 찾은 총알은 223구경이니까, 수색 범위를 100야드(91.44m)로 잡고 조사해 봐.”

“알겠습니다.”

“같이 가지.”

에드워드가 선글라스를 끼고 자리에서 일어났다.

“아, 경감님.”

“왜 그러지?”

“아침에 통화한 911직원한테, 사건 신고한 통화녹음 있으면 받아와주세요.”

“알겠네.”

경감이 흔쾌히 대답했다.

에드워드와 조지는 다른 경찰들과 함께 수색에 나섰다.

“난 바닷가 쪽을 맡겠네. 자넨 그 반대쪽을 수색해 보게.”

에드워드가 손가락으로 가리키며 말했다.

“그러죠.”

조지는 흔쾌히 받아들였다. 에드워드가 흐뭇한 미소를 지었다. 그는 이렇게 시원시원한 대원들이 마음에 드는 눈치다.

에드워드는 공연장 쪽을 조사했다. 그런데 멀리서 어떤 남자 아이가 반짝이는 것을 가지고 놀고 있었다. 에드워드는 반짝이는 것이 무엇인지 알아보기 위해 가까이 갔다. 갈라져 있지만, 금속 같은 것이 탄피처럼 생겼다.

에드워드는 그 아이에게 다가갔다.

“안녕, 친구.”

에드워드가 선글라스를 벗고 쪼그려 앉아서 말하자, 아이는 멀뚱거리며 쳐다보고 있었다.

"그거 멋지게 생겼구나. 엄마가 주던?"

에드워드가 묻자, 아이는 고개를 절레절레 흔들었다.

"그래? 주웠구나. 어디서 주웠지?"

"저기."

아이는 물가를 가리켰다.

"그렇구나."

그러자 어떤 여성이 아이를 안았다.

"해리, 낯선 사람하고 말하면 안 된다고 했잖아."

"이 아이의 어머니신가 봐요?"

에드워드가 물었다.

"네. 누구시죠?"

"전 탐정입니다. 여기 근처에서 일어난 살인사건을 조사하고 있죠."

에드워드는 탐정에 걸맞게 성실히 대답했다.

"아, 그렇군요. 그런데 제 아이에겐 무슨 볼 일이시죠?"

"이 아이가 가지고 있는 것이 범인을 잡을 수 있는 단서가 될 수 있습니다."

"정말 죄송합니다. 저희 아이가 불편하게 해드렸네요."

"아닙니다. 괜찮습니다."

그 어머니가 타이르자, 아이는 에드워드에게 금속을 건넸다.

"고맙다."

에드워드는 금속을 두리번거리며 살폈다.

"협조해 수서서, 감사합니다."

"아닙니다. 꼭 범인 잡으시기 바랍니다. 해리, 인사해야지?"

아이가 손을 흔들었다. 에드워드도 그 아이에게 손을 흔들었다. 그 어머니에게 인사하고 에드워드는 전화기를 꺼내, 조지에게 전화했다.

“여보세요?”

“나일세, 찾은 게 있나?”

“아뇨, 없는 것 같습니다. 탐정님은요?”

“탄피 같은 걸 찾았네, 이게 무엇인지는 아직 모르겠어.”

“그럼 일단 철수하겠습니다.”

“알겠네.”

에드워드는 금속을 증거물 보관팩에 넣고, 사건 장소로 달려갔다.

가다가 조지를 만났다.

“탐정님, 일단 시체를 옮긴 것 같습니다.”

“음……, 오늘은 여기까지 하고, 본부로 돌아가서 더 조사하지.”

“네.”

탐정과 대원들은 자동차를 타고, 본부로 돌아갔다.

에드워드는 본부에 가서, 주은 금속을 조지에게 줬다.

“이게 뭔지 아는가?”

“이건 탄저판 같네요. 일단 조사해 보겠습니다.”

“끝나면 연락 주게. 나는 이만 가봐야겠어.”

에드워드가 선글라스를 벗고, 말을 이었다.

“내일 다시 오지.”

“알겠습니다.”

에드워드는 사무실로 돌아왔다. 오늘은 전보다 조금 덜 힘든가 보다. 하지만 정확한 동기를 알 수 없었다.

‘무슨 이유로 이런 살인을 하는 것일까? 그리고, 왜 표시를 남기지 않았을까?’

에드워드는 그 범인과는 다른 사람의 짓이라고 생각하기도 했다. 하지만 그 생각은 머리를 쥐어짜는 것밖에 안 됐다. 그는 고뇌에 빠졌다. 그렇게 마이애미의 하루는 또 지나갔다.

이른 새벽, 에드워드는 알람이 울리지도 않았는데 일어났다. 아마 범인에 대한 진상을 좀 더 밝히기 위해서일지도 모른다.

여느 때와 같이 검은색 정장을 입었다. 하지만 선글라스는 매일 편광된 렌즈와 티타늄 프레임을 가진 선글라스를 꼈는데, 오늘은 왠지 끼지 않고 본부로 갔다.

본부에는 에릭만 있었다.

"안녕하세요, 탐정님."

"음, 일찍 들어와 있었군."

"네, 이번 사건이 워낙 까다로워서요."

"그래, 이해하네."

잠시 동안 침묵이 흘렀다.

"아, 그때 그 문에 있던 지문은 그냥 우체부의 지문이었어요. 우편물을 주려고 문을 두드리다가 손잡이를 잡은 것뿐이라더군요. 조사해 봤더니, 확실했습니다."

"그래? 수고했네."

에릭이 말하자 에드워드는 미소를 지으며 말했다.

"어? 탐정님 오늘은 선글라스 안 끼고 오셨네요?

먼저 에릭이 입을 열었다.

"기분이 좀 그래서 말일세."

"아…."

에릭도 왠지 이해하는 듯한 표정이었다.

"조사는 어떻게 되어가나?"

"시체는 일단 총상으로만 보여집니다. 아, 참."

에릭이 USB를 꺼내, 에드워드에게 줬다.

"그리고, 경감님께 부탁하셨던 911에 전화한 사람의 녹음입니다. 다행히 삭제되기 직전이었다는군요."

"이걸 왜 자네가 갖고 있지?"

그때 조지가 에드워드와 에릭이 있는 곳으로 와서 말을 이었다.

"반장님께서 저에게 주셨습니다. 오늘 근무는 쉰다구요. 그런데 제가 물품 관리를 잘 못해서, 에릭에게 맡겼습니다."

"네, 그렇습니다."

에릭이 미소를 지으며 말했다.

"음, 알겠네. 난 이걸 조사해 보지. 자네들은?"

"저와 알렉스는 현장에 가서, 상황을 재현해 보도록 하겠습니다. 범인이 저격한 위치를 알아내기 위해서요."

에릭이 말했다.

"아, 알렉스가 와 있었나?"

"네, 지금 탈의실에 있습니다."

"조지, 자네는?"

"마침, 탐정님께서 들으셔야 할 것이 있습니다. 탐정님께서 주신 금속에 관한 것입니다."

"알겠네, 같이 가지. 알렉스, 수고하게."

"네."

에드워드는 조지와 함께 무기조사연구실에 들어갔다.

"그래, 알아낸 것이 뭐지?"

에드워드가 말하자, 조지가 스크린에 그 금속과 같은 모양의 금속을 띄웠다.

"이건, 탄저판이라고 합니다."

"탄저판? 처음 들어보는군. 군사기술인가?"

"네. 탄저판은 플라스틱이나 금속으로 제작되는데, 작은 구경의 총알을 큰 소총에 발포될 수 있게 해주는 것입니다."

"그렇군. 큰 소총에만 발포가 가능하다는 건가?"

"아뇨, 탄저판은 특이하게 보통 총알보다 특수하게 발포되는 거예요."

"특수하게 발포되다니?"

“총이 탄저판을 밀어주고, 그 다음 탄저판이 작은 총알을 밀어주고, 서로 분리됩니다.”

조지는 스크린에 동영상을 보여주면서 설명을 했다.

“그렇게 되면 속도, 힘, 범위가 훨씬 좋아지죠. 그리고 보너스로 위장까지 가능합니다. 홈이 남지 않기 때문이죠.”

“그렇군. 그럼 그 탄저판이 몇 구경인지는 알 수 있나?”

에드워드가 물었다.

“어제 조사를 해봤는데, 408구경으로 나왔습니다.”

“408구경의 총은 얼마든지 있잖아.”

“물론이죠.”

조지는 말이 끝나기가 무섭게, 무기 창고에서 저격총 한 개를 들고 왔다.

“이 총은 M200 체이탁이라고 합니다. 저격총 중에서 최고의 저격총이라고 불리죠.”

“이것과 탄저판은 무슨 관계지?”

“M200 체이탁은 408구경 체이탁 전용탄을 사용합니다. 그래서…….”

“탄저판이 일치한다는 거군.”

에드워드가 말을 끊었다.

“정확합니다.”

“하지만 223구경은 이 총의 전용탄과는 크기가 너무 작아. 어떻게 그게 가능하지?”

에드워드가 스크린에 223구경 탄과 체이탁 전용탄을 비교했다.

“탄저판만 특수 제작하면, 얼마든지 가능합니다.”

“음……. 그런데 그 M200 체이탁이란 저격총 말이야. 가격이 얼마쯤 하나?”

에드워드가 스크린을 보면서 말했다.

“아마 6만 달러쯤 할 것 같습니다. 여러 가지 액세서리가 붙으면 7만에서 8만 달러쯤 할 겁니다.”

조지가 말했다.

"그럼 일단 가까이서 쏘진 않았겠군."

"네. 이 총의 유효사거리가 2230m나 됩니다."

"그래서 탄저판이 물에 빠진 거군. 그러면 바다 건너편에서 쐈겠어."

조지가 지도를 띄웠다. 그러다가 큰 호텔을 발견했다.

"플라밍고 호텔인 것 같습니다."

조지가 말했다.

"그래, 고맙네."

"천만에요."

에드워드는 인사를 하고 나왔다.

같은 시각, 사건 현장에는 에릭과 알렉스가 자동차 트렁크에서 컴퓨터로 피해자가 추락한 상황을 되돌려 보고 있었다.

"찾았다."

알렉스가 먼저 발견했다.

"좋아."

에릭은 말이 끝나고 피해자와 비슷한 신체의 마네킹을 들고 현장으로 갔다.

뒤따라 알렉스도 갔다.

"어딘지 자세히 알려줘."

"알았어."

에릭은 마네킹을 들고, 최대한 비슷한 곳에 두었다.

"아니 조금만 왼쪽으로, 더, 더, 더, 됐어. 그리고 약간 오른쪽으로 돌려."

알렉스가 위치를 정확하게 가르쳐 주고 있었다.

"됐나?"

"완벽해."

알렉스는 감탄을 하면서 박수를 쳤다.

"좋아. 그럼, 총상을 입고, 뚫고 나와서, 총알이 박힌 곳이 여기니까."

에릭은 빈 종이에 삼각함수를 이용해, 피해자가 총상을 입은 곳과 총알이 박힌 곳의 연장선을 구했다.

"여기군."

에릭은 223구경과 같은 지름의 긴 빨대를 마네킹에 꽂았다.

"자, 여기."

알렉스가 에릭에게 레이저를 건네주고, 연장선에 레이저를 붙였다.

"어때?"

에릭이 물었다.

"지금 보고 있는 중이야."

알렉스가 망원경을 들고 보자, 빨간 점이 안 보였다.

"빨간 점이 없는데, 저 호텔에서 한 것 같은데?"

잠시 후 전화가 왔다. 에드워드였다.

"여보세요?"

"나일세. 플라밍고 호텔 옥상에서 저격한 것 같아. 거길 조사해 보게."

"알겠습니다."

알렉스가 전화기를 닫았다.

"누구야?"

에릭이 물었다.

"탐정님이셔. 플라밍고 호텔 옥상에서 저격했다고 하더군."

"일단 지원 요청할게. 내가……."

"내가 조사하지."

알렉스가 말을 끊었다. 에릭이 고생했다고 생각한 것이었다.

"좋아, 그럼 난 본부로 돌아가 있을게."

"알았어."

에릭은 마네킹을 들고 내려가서, 차를 타고 본부로 돌아갔다.

같은 시각, 에드워드는 켈빈의 조사실에 있었다.

에드워드는 제2의 경감이 된 듯한 신비한 느낌이 들었다. 유리 위에 USB를 놓으니 홀로그램으로 작동했다. 스크린이 켜지고, '911녹음'이라는 음성파일이 한 개 있었다. 에드워드는 그 파일을 열어 재생시켰다.

에드워드는 기대가 가득 찬 마음에 심호흡을 한 후, 눈을 감았다.

[911입니다. 무엇을 도와드릴까요?]

[누가 죽은 것 같아요! 좀 도와주세요.]

[침착하세요. 위치가 어디죠?]

[여기……, 히비스커스 아일랜드 사우스 히비스커스 아일랜드 인근 주택이에요. 제발, 도와주세요.]

[침착하세요. SWAT팀과 구급차를 부르겠……]

갑자기 전화가 끊어졌다. 역시 아무 소리도 나지 않았다.

'일단 현장에 나가 있는 대원들에게 전화를 해봐야겠어.'

에드워드는 전화기를 꺼내서, 에릭에게 전화했다.

"여보세요?"

"나 에드워드일세."

"네, 탐정님. 무슨 일이시죠?"

"범인이 저격한 위치로 갔는가?"

"네. 알렉스가 그곳에 가서 조사하고 있을 겁니다."

"음……. 알겠네."

에드워드는 전화기를 끊고 다시 알렉스에게 전화를 걸었다.

"여보세요?"

"나 에드워드네. 혹시 범인이 저격한 곳에 있나?"

"네. 호텔 옥상에서 저격했다고요. 지금 조사하는 중입니다."

"혹시, 그곳에서 총성을 들은 사람이 있을 수도 있네. 저격한 층의 바로 아래

층에 있는 사람에게 말을 해보게."

"그럴 줄 알고, 먼저 해봤습니다. 하지만, 그 밑 분들은 총성 같은 것을 못 들었다고 합니다. 하지만 망치소리는 들었다고 합니다."

"망치소리?"

"옥상의 벽에다가 저격하기 쉽도록 벽돌을 깬 소리 같습니다. 실제로 깨져 있고요. 제가 자세를 잡아보니, 저격하기에는 좋은 자리였던 것 같습니다."

"그래? 어쨌든, 고맙네. 수고하게."

"네."

통화를 끊고, 에드워드는 다시 녹음된 파일을 들어보았다. 그런데 무슨 소리가 났다. 들릴까 말까 하는 작은 소리였다. 그는 USB를 들고 오디오실에 갔다.

한 청년이 음성파일을 조사하고 있었다. 에드워드는 헛기침을 했다. 다행히 그 청년이 헛기침을 들었는지, 뒤로 돌아보았다.

"누구세요?"

"난 에드워드라고 하네, 탐정이지."

"아, 켈빈 경감님과 함께 수사하시는 분이시군요?"

"잠깐 그렇지."

에드워드가 약간 고개를 끄덕이며 말했다.

"네, 만나서 반갑습니다. 전 울프라고 합니다."

"만나서 반갑네, 울프."

에드워드는 미소를 지었다.

"그런데 무슨 일이시죠?"

"내가 이 파일을 듣는데, 잘 안 들려서 그러는데 혹시 그 소리의 중간부터 좀 높일 수 있을까?"

에드워드는 울프에게 USB를 건네줬다.

"물론이죠. 빨리 해결해드리겠습니다."

"고맙네."

울프는 USB를 올려놓고 파일을 분해했다. 부분의 소리를 높이는 것은 울프에게 전혀 무리가 아니었던 것이다.

"여기 있습니다. 다시 들어보시면 중간부터 잘 들리실 겁니다."

"고맙네. 그럼 수고하게."

"네."

그는 오디오실을 나와, 다시 켈빈의 조사실로 갔다. USB를 올려 다시 들어봤다.

[911입니다. 무엇을 도와드릴까요?]

[누가 죽은 것 같아요! 좀 도와주세요.]

[침착하세요. 위치가 어디죠?]

[여기…, 히비스커스 아일랜드 사우스 히비스커스 아일랜드 인근 주택이에요. 제발, 도와주세요.]

[침착하세요. SWAT팀과 구급차를 부르겠……]

중간에 소리가 났다. 그에게는 이 소리가 들리는 것이, 자신이 청각 장애였다가 처음 소리를 듣게 된 느낌이었다. 그 컴퓨터 키보드를 클릭하는 소리에 근접했다.

그때 에드워드의 머릿속으로 뭔가 스쳐지나갔다. 그는 감탄하며 휴대폰을 들어 대원들을 한자리에 불렀다.

"이 사건의 가장 중요한 점을 발견했습니다."

"네?"

탐정의 말이 끝나기 무섭게 대원들 모두 같은 말만 했다.

"일단 이건 제 추리입니다.."

에드워드가 말하자 침묵이 흘렀다.

"이걸 들어보십시오."

그는 음성파일을 들려줬다.

"이건, 911 때 사건전화를 녹음한 것 아닙니까?"

"그렇습니다. 이 부분을 잘 들어보십시오."

에드워드는 오디오에서 소리를 키운 부분을 다시 들려줬다.

"이건…. 키보드로 클릭하는 소리 같은데요?"

알렉스가 먼저 말을 꺼냈다.

"그럼… 제가 생각하는 것이 맞는 건가요?"

조지가 눈살을 찌푸리며 에드워드에게 물었다.

"그게 뭔지 설명해 줄 수 있겠습니까? 당신의 추리가 내 추리와 동일한지 맞춰보고 싶은데요."

에드워드가 조지를 보고 말했다. 다른 대원들의 시선 또한 그에게 모여졌다.

그렇게 잠깐의 침묵이 흐르자, 조지가 입을 열었다.

"내 추측은, 클릭 한번으로 사살했다는 거야. 그래서 전화 건 사람이 범인이란 거야."

"뭐?"

조지의 말이 끝나기 무섭게 에릭과 알렉스는 놀랐다. 에드워드는 짐작한 듯 가만히 있었다.

"노트북을 켰다가 잘못 누른 것일 수 있잖아."

에릭이 말했다.

"요즘 사회는 정말 빠르게 진보하지. 그만큼 살인도 스마트해지는 거야. 무선인터넷으로 살인을 할 수 있어."

"하지만, 어느 누가 옥상에 올라갔다면 그걸 봤을지도 모르잖아?"

에릭이 다시 물었다.

"그건….."

"그리고 옥상 가는 계단에 공사중이라고 써져 있었어. 하지만 공사한 흔적도 없었고 말이야. 그게 속임수였던 것 같아. 일리가 있어."

알렉스의 말이 끝나자, 에릭은 한숨을 내쉬고, 조용히 자리에 앉았다.

"우린 이제부터 조금 바빠지게 될 거야. 힘들더라도, 범인을 잡자."

에드워드는 대원들에게 말했다. 그의 말을 들은 대원들은 잠시 차분해진 것 같았다.

잠시 후에 에드워드의 전화가 울렸다.

"여보세요?"

에드워드가 전화를 받았다. 전화를 듣자 그는 고개를 끄덕였다.

"알겠습니다. 당장 가지요."

그러곤 전화를 껐다.

"역할이 정해진 것 같습니다."

"그런가요? 어떻게 할 건가요?"

"전 일단 부검실로 내려가서 시신에 대해 조사된 걸 알아봐야겠습니다. 그동안 형사님들이 그 살인시간을 계산해 주길 바랍니다."

"알겠습니다."

에드워드는 황급히 뛰어갔다. 무엇이라도 발견했는지는 모르겠지만.

에드워드가 부검실 문을 열자, 로렌이 시신을 조사하고 있었다.

"전화 받고 달려왔습니다. 찾은 게 있다고 하던데…"

"네. 여기 어깨를 봐주세요."

그는 시신의 어깨를 보았지만, 무엇이 큰 발견인지 도통 알 수 없었다.

"잘 모르겠습니다. 설명 부탁드립니다."

"이 어깨와 팔은 같게 보이지만, 이걸 뿌려보면…."

로렌이 어깨에 무언가를 뿌렸다. 시간이 지나자 어깨는 장미꽃처럼 붉게 변했다.

"이 약품을 일반 사람에게 뿌리면 색깔이 변하지 않습니다. 하지만 가짜로 만든 살은 이렇게 드러나게 되죠. 그래서…"

"성형수술을 했다는 겁니까? 감사합니다."

에드워드는 말을 끊었다. 그러곤 다시 부검실을 나갔다. 그에 로렌은 몹시 당황했다.

에드워드는 차를 타고 현장으로 갔다. 오늘 따라 자동차가 빠르게 달렸다. 그의 마음이 이미 범인을 향하기 때문일지도 몰랐다.

그가 도착한 곳은 피해자의 집이었다. 그 사건이 일어난 후 아무 일도 일어나지 않은 것처럼 평온했다. 에드워드는 그녀의 집 문 앞에 서 있었다. 그때 뒤에서 아주머니 한 분이 오셨다.

"그 집 주인 만나러 오셨소? 집에 없는데."

"아, 그러나요?"

잠시 침묵이 흘렀다. 에드워드는 잠시 고민에 빠진 듯 눈을 감았고, 문득 떠오른 게 있을까, 아주머니에게 다가갔다,

"아주머니, 저는 이 살인사건을 해결하러 온 탐정입니다."

"아…, 그러쇼? 그럼 이걸 전해 주라던데."

"네?"

아주머니가 뒷주머니에 꼬깃꼬깃 넣어두신 무언가를 꺼냈다.

종이 같은 게 이름이 적혀 있어 명함 같았다.

"이걸 누가 저에게 주라고 하셨나요?"

에드워드가 궁금한 마음에 여쭈었다.

"저기 옆집 여인이 주라고 했소. '날 찾아오는 경찰이나 관계자한테 이걸 전해라' 고"

에드워드가 깜짝 놀라 입이 쩍 벌어져, 한동안 닫을 수 없을 정도였다.

"협조해 주셔서 감사합니다."

"아우, 별말씀을 하시네. 범인이나 잡아주쇼."

옆집 아주머니는 그렇게 집으로 들어갔다.

그 후 에드워드는 자동차에 들어가 아주머니가 준 종이를 보았다.

'확실히 이건 그냥 살인이 아니야. 피해자가 예측까지 했다면, 엄청난 동기

가 있을지도 몰라.'

종이를 자세히 들여다보니, 지워진 글씨를 겨우 끼워 맞출 수 있었다. 그건 성형외과 의사 이름이 있는 명함이었다.

'이 성형외과에서 어깨 수술을 받은 것이 틀림없어. 한시가 급해. 서둘러야 해.'

자동차는 굉음을 내면서 재빨리 달렸다.

에드워드는 가장 가까운 성형외과를 찾아 들어갔다.

앞에 날카로운 턱선을 가진 여자안내원이 있었다.

"여기서 이 명함을 사용합니까?"

안내원에게 명함을 보여줬다. 명함을 유심히 들여다보더니 서랍에서 새 명함을 꺼냈다.

"이 명함 같아 보이네요."

에드워드는 두 명함을 견주어 보며 같은지 살펴보았다. 틀림없이 같았다. 헌 명함은 소지하고 있던 지퍼백에 넣었다.

"혹시 이 의사선생님을 만나볼 수 있을까요? 한시가 급합니다."

"루스벨트 선생님은 지금 중환자실에서 환자 돌보고 계실 텐데요. 상담하실 거면 조금 기다려야…."

에드워드는 말이 끝나지도 않아 중환자실을 찾아 나섰다.

중환자실의 문을 찾고 문을 벌컥 열고 굉음이 울릴 정도로 세게 닫았다. 의사 가운을 입은 한 남자가 에드워드를 보며 눈살을 찌푸렸다.

"이보세요, 여기는 지금 중환자실입니다."

"무례하게 굴어 죄송합니다만, 저는 탐정입니다. 루스벨트 선생, 같이 이야기 할 것이 있습니다."

에드워드가 말을 하자, 의사는 잠시 훑어보다가 생각에 잠겼다.

"따라오세요."

의사와 에드워드는 1층 휴게실의 소파에 앉았다.

"기다리고 있었습니다. 경찰이 올 거라고 생각했어요."
의사의 그 말에 에드워드는 시신 사진 한 장을 보여줬다.
"이분이 그렇게 말씀하셨나요?"
"그렇습니다."
잠시 침묵이 흘렀다.

마이애미주의비극

북두칠성

_ 함께 쓰기

에드워드는 잠시 생각에 잠겼다.

"그 환자, 무슨 수술을 했나요?"

"음……. 잠시만요."

말이 끝나자, 그는 휴대폰을 들었다.

"존, 나에요. 내 진료실에 노란 종이봉투가 있을 거예요. 그것 좀 1층 휴게실에 들고 와줘요."

"존? 남자간호사인가요?"

"네. 간호사라고 여자만 있으란 건 아니잖아요?"

루스벨트가 미소를 지었다.

"과연 그렇군요."

에드워드가 감탄을 하며 고개를 끄덕였다. 그러자 루스벨트 뒤에서 남자가 이쪽으로 뛰어왔다.

"선생님, 여기 있습니다."

"음, 고마워요. 이제 가 봐요."

"알겠습니다."

그 간호사는 또다시 뛰어 나갔다. 일이 무척 바쁜 것 같았다.

"여기에 그 환자분이 수술한 사진이 있습니다."

"감사합니다. 수사 용도로 사용할 건데, 가져가도 될까요?"

"오, 물론입니다."

루스벨트 의사는 당연하다는 듯, 고개를 끄덕이며 말했다.

"협조해 주셔서 감사합니다."

에드워드가 자리에서 일어나 손을 내밀자, 의사 또한 일어나서 악수했다. 그

후, 에드워드는 병원 밖으로 나왔다.

'이 자료가 아마 단서가 될 거야. 본부로 돌아가서 검토해 봐야겠어.'

에드워드가 발을 떼려고 하는 순간, 경찰차 한 대가 길을 막았다. 창문을 열고 목을 내민 경찰은, 다름 아닌 켈빈 경감이었다.

"어이, 에드워드. 여기서 뭐 하나?"

"경감님!"

에드워드가 놀라며 경찰차의 조수석에 탔다.

"여긴 어쩐 일이세요?"

"아⋯. 본부에서 자네 찾다가 안 보이길래, 위치 추적을 했지."

"경감님, 사생활 침해는 위험한 겁니다."

"알겠네, 알았어."

에드워드와 켈빈은 크게 웃었다.

"그런데 여긴 왜 왔나?"

"피해자의 부검에 관한 자료를 얻으려고요."

"그래서, 얻은 게 그 봉투인가?"

"네. 이게 단서가 될 겁니다."

"그러길 바라네."

그렇게 서로 여담을 나누며, 본부에 도착했다.

"경감님, 탐정님!"

밖에 조지가 나와서 기다리고 있었다.

"왜 나왔나? 꽤 추운데 말이야."

"저녁 늦게까지 돌아오지 않으셔서 걱정했습니다."

"아, 그렇군."

그러고 보니, 벌써 저녁이 되었다. 에드워드는 수사에 열중했는지 저녁이란 것도 잊고 있었다.

"일단 들어가지."

켈빈 경감이 말하자, 모두 본부로 들어갔다.

"전 피해자의 시신을 조사해 보겠습니다."

"그렇게 하게."

에드워드는 조사실에 들어가, 자리에 앉았다. 심호흡을 깊게 하고 봉투를 열어보았다. 사진은 수술 전과 수술 후로 친절하게 나누어져 있었다. 수술 후와 부검사진을 견주어 보았을 때, 똑같았다. 같은 사람이었던 것이다. 에드워드는 사진을 이리저리 둘러보다가 수술 전 사진을 보았다. 문신으로 "D"가 써져 있었다.

'문신은 지울 수 있는데, 왜 굳이 수술까지 했을까?'

에드워드는 곰곰이 생각해 봤다.

'혹시…, 지워버리고 싶은 동기가 있었던 건가? 그렇다면 이 글자에 의미가 있을 텐데….'

에드워드는 휴대폰을 꺼냈다.

"로렌, 우리가 조사한 사건들 피해자 말이야, 부검 결과 조사실에 좀 가져다 줄 수 있겠나?"

"네, 사람을 시키도록 하겠습니다. 기다려주세요."

"고맙네."

에드워드는 휴대전화를 끊고 다시 생각에 잠겼다.

'부검 결과를 다시 살펴보면, 뭔가 있을 거야.'

그렇게 생각하다가, 노크소리가 들렸다.

"탐정님?"

한 여자 경찰이 문을 열며 말했다.

"네. 무슨 일이시죠?"

"로렌 박사님께서 보내셨습니다. 피해자 부검 결과라고 합니다."

그녀는 봉투를 건넸다.

"아, 그렇군요. 고마워요."

“이만 가보겠습니다.”

에드워드는 봉투를 받고 자리에 앉았다.

‘제발, 있기를….’

그는 잠시 기도를 하고 봉투를 열었다. 그러자 여러 가지의 사진이 나왔다. 사진 뒤에는 피해자의 이름이 적혀 있었다. 여러 가지 총상과 살인 방법을 적어놓은 종이도 포함되었다. 하지만 그는 사진을 위주로 보았다.

‘공통점… 공통점….’

그가 사진을 넘기자 앞의 사진과 뒤의 사진이 비슷했다. 그것은 흉터 같은 것이었다. 하지만 뒷면의 피해자 이름은 달랐다.

‘이건가….’

그는 같은 것은 따로 놔두었다. 계속 사진을 넘기다가 똑같은 사진이 계속 나왔다. 모두 나눠보자, 같은 사진은 총 6개가 나왔다. 모두 흉터처럼 보인 사진이었다. 다른 것들 중에서 그 6장의 사진에 관련된 자료들도 구분했다. 자료들 또한 6장이 나왔다. 그 외 나머지 자료들은 다시 봉투 속으로 넣었다. 에드워드는 자료들을 훑어봤다. 뒷면에는 사진과 같이 피해자의 이름이 적혀 있었다. 그는 다시 같은 피해자의 이름끼리 모아서 사진과 자료 하나하나씩 정독했다.

에드워드가 읽다가 공통점을 찾았다. 사진에 관한 자료에 모두 같은 문장이 눈에 띄게 보였다. 그것은 ‘문신제거’였다.

‘문신제거…. 피부에 문신했다가 지운 흔적을 발견…. 문신의 내용은 D라는 글자가 새겨져 있었음…….’

그는 같은 문장을 읽었다가 잠시 생각에 빠졌다.

‘좋아, 그러면 6명의 피해자가 같은 문신인 D가 있었다는 것은 알 수 있어. 그러면 D가 무엇을 의미하지? 조직이란 말인가? 조직이나 단체라고 가정한다면, 그들은 적어도 같은 위치에 있어야겠지. 하지만 왜 그렇게 멀리 흩어져 있었을까?’

그는 잠시 침묵이 흘렀다.

'갱이라면? 갱도 집단으로 구역이 있겠지. 하지만 저렇게 뿔뿔이 흩어진 갱은 없어. 다른 갱과의 분쟁이 있을 때 지원이 안 되니까. 그렇다고 갱이라고 하기도 어려워. 체이탁 같은 경우 갱에겐 그렇게 경제적으로 여유롭지 않지. 고가의 총기류를 쓴다면 대규모의 조직인 건 확실해. D란 글자가 그 조직의 상징이라고 해도, 조직의 안전을 위해서는 대규모일수록 비밀이 많아서 잘 찾을 수 없을 거야. 내가 조직이라면 그렇게 했을 거야.'

에드워드의 머리가 복잡해졌다. 그가 조사하고 있는 것이 시간만 낭비하는 것 같았다.

'일단, 이 문신 때문에 대규모 조직이란 것은 알 수 있어. 그러면 혹시, 흩어진 이유는 조직을 탈출하기 위해서였을지도 몰라. 그러면 써진 숫자들은 뭐지?'

그는 사진을 넘기면서 생각했다. 하지만 더 이상의 생각은 그의 머리만 아프게 했다.

"후우…. 머리 좀 식혀야겠군."

에드워드는 조사실에서 나왔다. 복도를 걷다가 같은 방향으로 뛰어오던 남자와 부딪혔다.

"죄송합니……, 탐정님!"

"음? 오, 알렉스 형사."

"어디 가세요? 또, 아침처럼 나갔다가 늦게 돌아오시게요?"

"아닐세, 잠시 바람 좀 쐬려고."

"아, 그렇군요. 그럼 이만 가보겠습니다."

"그래, 수고하게."

에드워드가 말하자, 알렉스는 다시 뛰어갔다. 복도를 다시 걷다가, 자판기에서 카페라떼를 뽑아, 바깥으로 나갔다.

벌써 아늑한 밤이 되었다. 특히 마이애미 주는 야경 또한 환상적이었다.

"아름다운 밤이군."

카페라떼를 입에 머금으며 야경을 즐겼다. 수사에 매진하더라도, 휴식만큼 달콤한 것은 없었다.

고개를 들어보니 별이 많이 보였다. 찬란하게 빛나는 별들을 보며, 에드워드의 입가엔 미소가 번졌다. 경찰서 앞에는 잔디밭이 있는데, 많은 가족들이 야경을 보러 온다. 아이들의 웃음소리가 자동차 소리를 감쌌다. 그는 자신도 모르게 잔디밭으로 갔다. 마치 웃음소리에 끌리는 것처럼. 홀로 서 있는 나무에 등을 기대고 라떼를 한 모금씩 마시면서 아이들을 보니, 그가 아버지인 마냥 행복했다.

그런데 가족과 떨어져 있는 아이를 발견했다. 그 아이는 망원경으로 하늘을 보고 있었다. 하늘에 떠있는 별들을 보고 싶었던 것일까. 에드워드는 한참을 그 아이만 바라봤다. 갑자기 그 아이가 손을 높이 들면서, 손가락으로 하늘을 가리키며, 다른 손으로는 무언가를 헤아리고 있었다. 에드워드도 함께 셌다.

"하나, 둘, 셋, 넷……."

에드워드는 그 아이의 손가락을 보며, 함께 헤아렸다.

"다섯, 여섯, 일곱…."

일곱에서 아이의 손가락이 멈췄다. 에드워드는 잠시 생각했다.

"별을 가리킨 건가? 일곱 개……, 그러면?"

에드워드는 라떼를 다 마시고 아이에게 다가갔다. 그는 아이의 시선을 맞추기 위해서, 허리를 숙였다.

"안녕, 친구."

에드워드가 미소를 지으면서 인사하자, 그 아이는 손을 내밀었다.

"엄마가 이렇게 인사하는 거래요."

악수하자는 의미였다. 에드워드는 그 작은 손을 잡고 악수를 했다.

"방금 무엇을 헤아리고 있던데, 맞니?"

에드워드가 묻자 아이는 고개를 끄덕였다.

"저거."

아이가 별을 가리키며 말했다.

"어디, 아저씨도 볼 수 있을까?"

그가 말하자, 아이는 손에 든 망원경을 건넸다.

"고맙다."

에드워드는 정중히 인사하고, 하늘을 바라보았다. 한참 생각하다가 망원경으로 별을 보았다. 별이 가까이 있어 보이진 않지만 어느 정도는 잘 보였다. 유난히 찬란하게 빛나는 7개의 별이 있었다. 마치 국자처럼 보였다.

'국자…, 국자? 북두칠성?'

그렇게 생각하고 있었는데, 누군가 등을 두드렸다. 에드워드는 망원경을 접고 뒤를 돌아보았다. 한 여자가 그 아이를 안고 있었다. 아이의 어머니였다.

"지금 제 아이에게 뭘 하시는 거예요?"

여성이 인상을 쓰며 말했다.

"엄마, 이 아저씨 좋은 사람 같아."

"뭐?"

어머니는 화내며 말했다. 하지만 에드워드는 웃었다.

"전, 저기 마이애미 주의 탐정입니다. 휴식하러 나왔다가 우연히 별을 관찰하는 아이를 보게 돼서, 관심이 갔습니다."

"아…, 그렇군요."

그 어머니는 화색이 돌았다. 하지만 그녀가 아이를 다그치고 있었다. 그러던 중 에드워드는 방금 봤던 북두칠성을 생각하고 있었다.

그녀가 아이를 다그치다가, 탐정이 묵묵하게 있는 것을 보곤 갸우뚱거렸다.

"저기…?"

"아!"

에드워드가 뭔가를 발견했다는 듯이 무척 놀라워했다. 그 아이의 어머니는 화들짝 놀랐다. 잠시 침묵이 흘렀다.

"감사합니다!"

"네?"

그녀가 물었다.

"이 아이가, 아마도 사건의 실마리를 알려준 것 같습니다."

에드워드가 말하자, 그녀는 놀랐다.

"오, 그것 참 다행이군요."

"정말 감사합니다. 친구, 고마워."

에드워드는 아이의 손을 잡으며 말했다.

"그럼, 빨리 가보세요. 잊어버리기 전에."

"감사합니다!"

에드워드는 거듭 감사를 표하며, 마이애미 주 경찰서로 달려갔다.

복도를 뛰다가 켈빈 경감을 보았다.

"오, 에드워드. 뭐가 그리 급하나?"

"경감님, 세 명의 형사를 회의실로 모아주세요. 물론 경감님도요."

"아…, 알겠네. 뭐가 발견한 게 있나?"

"자세한 건 회의실에서 이야기하죠."

그렇게 말하고는 에드워드는 자료실에 갔다. 켈빈과 함께 수사한 모든 자료를 들고 회의실로 향했다. 3명의 형사와 켈빈 경감이 먼저 모여 있었다.

"뭘 그렇게 많이 들고 오는 건가?"

켈빈 경감이 말하자, 에드워드는 웃었다.

"제가 모두를 여기에 불러 모은 이유는, 오늘 이 수사가 종결될 것 같아서입니다."

형사가 모두 놀랐다. 켈빈 경감 또한 놀라워했다.

"그게 무슨 말씀이세요? 범인을 알아낸 건가요?"

조지가 말했다.

"그건 아니네. 내 추리가 맞다면, 가해자의 위치를 알 수 있을 거야."

에드워드가 대답했다.

"에드워드 탐정님, 추리를 시작해 보세요."

켈빈 경감이 존댓말을 사용하면서까지 자리에 앉았다. 모두들 기대가 가득 찬 눈빛으로 에드워드를 쳐다봤다.

"먼저, 6명의 피해자에 대한 공통점을 발견했습니다. 피해자는 모두 문신을 가지고 있었어요."

"문신이라니?"

켈빈 경감이 물었다. 그러자 에드워드는 모든 피해자의 사진을 화이트보드에 붙였다. 문신이 지워진 흔적이 보인 어깨였다.

"모두 같은 문신을 했습니다. 지금은 잘 안 보이지만, 자세히 들여다보면 문신이 있었다는 것을 알 수 있습니다."

에드워드가 사진을 가리키며 말했다.

"어떤 내용의 문신인지 알 수 있나요?"

에릭 형사가 물었다,

"D라고 적혀진 문신이었어. 모든 피해자들에게 이 문신이 있었지."

"그렇다면, 조직인가요?"

"정확해, 조지."

에드워드가 감탄하며 말했다.

"하지만 그게 조직인지 어떻게 알지?"

켈빈 경감이 물었다.

"좋은 질문입니다. 우리가 각각의 피해자들을 수사했을 때는 사망 장소가 모두 달랐죠. 그런데 조직이란 것은 우리들처럼, 모여 있어야 합니다. 왜 하필 떨어져 있었을까요?"

에드워드가 다시 물었다. 사람들은 모두 고민에 빠지고 있었다.

"탈출……."

누군가 말을 꺼냈다. 그 소리가 난 쪽으로 시선이 쏠렸다.

알렉스 형사였다.

"그 조직을 탈출했기 때문에 흩어진 것이 아닐까요?"

알렉스 형사가 입을 열었다. 에드워드가 감탄을 하며 고개를 끄덕였다.

"정확해. 그리고 남겨진 숫자는 피해자가 남긴 암호야."

"암호? 무슨 암호?"

켈빈 경감이 물었다. 그러자 에드워드는 그림 아래에 남겨진 숫자와 사망 위치를 썼다.

"자, 처음 사건 발생지는 expy 836거리에, 3이란 숫자가 남겨졌었죠? 글자의 3번째를 나타내면 P가 첫 글자이고, 다른 곳도 해보면……."

에드워드는 숫자와 글자를 대입해서 암호를 풀었다.

"그래서 암호는 P−L−O−U−G−H가 됩니다."

"Plough……, 북두칠성 아닌가?"

"네, 그렇습니다."

"잠깐만요, 그게 암호라는 것에 대한 확실한 증거가 있나요?"

조지가 물었다.

"나도 처음에는 이게 확실한지 몰랐어. 하지만 아주 멋진 걸 발견했지."

에드워드는 마이애미의 지도를 스크린에 띄웠다.

"이곳이 첫 번째 살인의 장소입니다. 그리고 여기가 두 번째, 세 번째, 네 번째, 다섯 번째… 그리고 여섯 번째입니다."

"그래서 그게 어쨌다는 거지?"

켈빈 경감이 묻자, 그는 사진 한 개를 더 띄웠다. 북두칠성 사진이었다. 그림을 키워서 불투명하게 만들고, 회전해서 지도와 겹쳤다.

그러자 모든 사람의 눈이 커졌다.

"아!"

"보시는 바와 같이, 사망 장소와 북두칠성의 별자리가 같다는 것을 알 수 있습니다."

에드워드는 그림을 가리키며 말했다.

"그럼, 저기 비어 있는 자리가 마지막 사망 장소인가요?"

에릭이 물었다.

"아니면, 범인들의 은신처일지도?"

에드워드가 되묻자, 모두 깜짝 놀랐다. 그때 켈빈 경감이 일어났다.

"위치가 어딘가?"

"베네티안 아일랜즈입니다."

"좋아 제군들, 한시가 급하다. 서두르자!"

"네!"

모두 힘찬 목소리로 대답해, 회의실을 나왔다.

"조지 형사."

에드워드가 조지 형사를 불렀다.

"네?"

"자넨, 내가 전화하면 지원요청을 하게. 일단 처음에는 경찰 6명만 데려가야 될 것 같아. 그때 같이 오게."

"네? 그게 무슨 말씀이세요?"

"아무래도 느낌이 심상치가 않아. 뭐, 그쪽으로 가면 알게 되겠지. 일단 부탁 하네."

"아…, 알겠습니다."

조지는 경찰서에 머물렀다. 바깥에 나왔는데, 먹구름이 끼어 시간이 지나면 비가 올 것 같은 느낌이었다.

"에드워드! 조지 어디 있나?"

"지원요청 한다고 남았습니다. 일단 먼저 가시죠."

"알겠네."

켈빈과 에드워드가 함께 경찰차에 탔다. 나머지 형사는 다른 자동차에 탔다.

"이봐, 에드워드."

경감이 안전벨트를 매면서 말했다.

"네, 경감님."

"조수석 서랍에 권총과 탄창이 있을 거야. 들고 가게."

"알겠습니다."

"그리고…."

켈빈 경감이 뜸을 들였다.

"저번에, 내가 너무 소홀했어……. 용서하게."

그가 지난번 처음 사건 때의 행동을 사과했다.

"이미 지난 일입니다. 다음에 잘하면 됩니다."

"고맙네, 이만 출발하지."

에드워드가 권총을 장전하며 고개를 끄덕였다.

켈빈 경감의 자동차가 움직이자, 뒤에 다섯 대의 경찰차가 따라 움직였다.

같은 시각, 베네티안 아일랜즈에서는 검정색의 벤 세 대가 어느 집 대문 앞에 멈췄다. 검은 정장을 입은 남자들 다수가 차에서 내리고, 주위를 둘러보고 있었다. 그때 한 남자가 고개를 끄덕이자, 중간 벤의 문이 열렸다. 흰색 정장을 입은 사나이가 내리자, 천둥이 내리쳤다. 옆에 호위하던 남자가 자동차에서 우산을 꺼냈다. 그러고는 집으로 들어갔다.

밖에서 열댓 명의 보디가드가 부동자세로 서 있었다. 갑자기 쉭 하는 소리와 함께 다섯 명이 쓰러졌다. 한 명이 죽은 사람을 보자 휘파람을 불려고 입술을 모을 때, 투둑 하는 소리로 목이 꺾이며 쓰러졌다. 나머지는 총을 꺼내 소음기를 끼우려고 하는 순간, 약한 총성에 모두 쓰러졌다. 그때 빗방울이 떨어지자, 소나기가 강하게 내리면서 천둥소리가 났다. 하지만 그 안은 비가 내린다는 사실만 느낄 수 있었을 뿐, 다른 소리는 못들을 정도로 고요했다.

마룻바닥을 들이내자 계단이 나타났다. 흰색 정장의 그는 계단으로 내려갔다. 뒤에 보디가드가 따라 내려가려고 하자, 쿵 하는 소리와 함께 두 명이 따라 내려갔다. 그가 돌아봤지만, 아무 일도 없었다는 듯, 고요해서 계속 걸었다. 문이 나오자, 뒤에 보디가드는 친절하게 문을 열어줬다. 그러자 검은 정장을 입은 많은 사람들과 남색 정장을 입은 사람이 허리를 굽혀 정중히 인사했다. 그는 앞에 있는 하얀색 의자에 앉았다. 덩달아 남색 정장을 입은 사나이가 옆에 빨간색 의자에 앉았다.

"오셨습니까, 보스."

남색정장을 입은 사나이가 말했다.

"이 시간에 아지트로 부른 이유가 뭔가?"

하얀색 정장을 입은 사나이가 양담배를 꺼내며 말했다.

"제가 오늘 재미있는 걸 보여드릴까 하고……."

"그래? 그건 나중에 보여주고, 배신자 처단은 어떻게 됐나?"

보스가 담배 끝에 불을 붙이며 말하자 부보스는 잠시 뜸을 들였다.

"네……. 한 명 남았다고 합니다."

"왜 그렇게 오래 걸리는 거야? 일 똑바로 하지 못해?"

보스가 버럭 소리를 질렀다. 부보스는 손을 꽉 움켜쥐었다.

"죄송합니다……. 일단 제가 재미있는 것을 보여드리겠습니다."

"그래. 뭐, 어쩔 수 없군. 자네가 그 지경인데, 일단 보기나 하지."

보스가 담배를 입에 물며 말했다.

부보스는 앞에 한 남자에게 눈빛으로 신호를 보냈다. 그러자 밖에 천둥소리가 울려 퍼졌다. 지하에 있어도 천둥소리가 크게 났다. 불이 모두 꺼지면서 정전이 일어났다.

"이런, 정전인가 보군요. 부하를 시켜서 불을 켜달라고 해야겠습니다."

"그렇게 하게."

부하 한 명이 밖으로 나갔다. 잠시 후에 불이 켜지자, 아무 일도 일어나지 않았다. 정말 고요했다. 문이 열리자 불을 켜려고 나갔던 부하가 가만히 서 있었다. 가장 가까이 있던 남자가 그에게 다가갔다.

"이봐!"

말이 끝나자마자, 털썩 하는 소리와 함께 그는 쓰러졌다. 쓰러진 부하 뒤에서 열댓 명이 기관총을 들고 총구가 쓰러진 부하의 머리를 향하고 있었다.

"이런, 젠장!"

많은 사람들이 총을 꺼냈지만, 이미 때는 늦었다. 총성은 더욱 거세지고, 사람들은 죽어갔다. 탁자를 눕혀 엄폐물로 삼아 총격전을 펼쳤다.

"반역자들이다! 죽여라!"

보스가 주머니에서 총을 꺼내, 반역자들을 죽였다. 하지만 그 많은 사람 가운데에도 반역자가 있었다. 보스에게도 총알이 날아왔다.

"대체 이게 무슨 일이야!"

보스가 의자에서 일어나며 말했다.

철컥!

부보스가 보스 머리에 총을 겨눴다. 보스가 뒤로 살짝 돌아봤다.

"이게 무슨 짓인가?"

"당신의 세상도, 이젠 끝이야!"

보스가 손을 들고, 천천히 돌아섰다. 그렇게 마주보고 있을 때, 치열한 총격전으로 모든 사람들이 죽어 있었다. 조직원이 모두 사라졌다.

"이제 우리 둘만 남았군."

보스가 웃으면서 말했다. 부보스는 손을 떨고 있었다.

"이유나 한번 들어볼까? 왜 반역을 하지?"

그는 권총을 꽉 쥐었다.

"당신한테 당한 그 수많은 모욕감 때문에! 난 이걸 선택할 수밖에 없었어!"

"단지 그것 때문에?"

보스가 피식 웃었다.

"아니, 한 가지 더 있어."

"뭐지?"

"내가 사랑한 그녀를 죽게 만들었어!"

"아, 줄리아를 말하는 건가…, 6번째 배신자……. 머리에 구멍을 내줬지."

부보스의 얼굴이 일그러지면서 권총으로 보스의 머리를 수십 번 내리쳤다.

비명소리가 지하실을 가득 메우며, 보스의 머리는 피로 물들었다. 부보스는 멱살을 잡아 들어올렸다.

"그녀의 이름을 함부로 부르지 마!"

부보스의 눈은 분노로 가득 차 있었다.

"이런, 이런. 구역질나는 사랑이군. 배신자와 마음여린 부보스……, 부보스라는 명칭도 붙이기 아깝군."

"이 자식!"

부보스의 손은 더욱 거세졌다. 지금이라도 사지를 찢어 불에 태워 죽이고 싶은 심정이었다.

"그녀는……, 이 조직에 온 후로 내가 가장 사랑했던 사람이었어. 사랑한단 말을 꼭 해주고 싶었는데… 네가! 무참히 짓밟아버렸어!"

부보스의 눈에는 분노와 함께, 눈물도 흘렀다.

"쯧쯧…, 여려. 어린애처럼 눈물을 보이다니……, 그깟 여자 때문에."

보스가 멱살 잡던 손을 놓더니, 옷깃에서 칼을 빼내 부보스의 손을 찔렀다. 천둥이 치며, 비명소리가 바깥까지 울려 퍼졌다. 그때 보스는 떨어져 있던 총을 집어 부보스를 향해 들었다. 부보스도 보스를 향해 총을 겨눴다. 누구나 먼저 쏘면 이길 상황이었다. 하지만 어느 누구도 쏘지 않았다.

"꼼짝 마!"

그때 에드워드와 켈빈 경감이 총을 겨누고 보스와 부보스에게 천천히 다가갔다.

"한바탕 큰 일이 지나갔군……."

켈빈 경감이 죽어 있는 시체들을 보며, 한숨을 내쉬었다.

"모두 총 내려놔."

경감이 말했다. 하지만 그 누구도 총을 내려놓지 않았다.

"부보스, 나 또한 재밌는 사실 하나 알려주지."

"뭐야?"

"내가 직접 그녀를 죽였다."

부보스가 놀랐다. 더욱더 화난 얼굴이다.

"그럼, 그때 전화한 사람이 당신인가?"

에드워드가 물었다.

"그래, 911에 전화했지. 관심을 받으려고, 그런데 키보드 한번으로 사람을 죽이는 것이 정말 재미있더군. 마치 게임하는 것처럼 말이야."

보스가 크게 웃었다. 부보스의 분노는 더욱 거세졌다. 결국 방아쇠가 당겨졌다. 보스의 손은 피가 흘렀고, 총은 바닥에 떨어졌다. 또 한 번 비명소리가 지하를 메웠다. 보스는 구멍이 난 손을 잡으며 고통스러워했다.

"넌, 이 세상에 존재해선 안 될 쓰레기야!"

부보스가 보스의 머리를 향해 총을 들었다.

"그만 둬!!!"

에드워드가 소리를 질렀다. 하지만 그의 손은 이미 분노로 가득 차서 멈출 수 없었다. 세 번의 소리가 지하를 메웠다. 보스는 맥없이 쓰러졌다. 켈빈 경감이 뒤로 돌아서 고개를 끄덕이자, 많은 경찰들이 달려 나왔다. 부보스는 그것을 보고 총을 버리고, 조끼를 벗었다. 그의 몸은 폭발물로 가득 차 있었다.

"오지 마!"

경찰들이 멈칫했다. 부보스는 스위치를 치켜들었다.

"오면 모두 터진다!"

"쓸데없는 짓 그만 둬!"

켈빈 경감이 소리를 빽 질렀다. 그러자 에드워드가 경감의 어깨를 두드렸다. 귓속말로 뭐라고 말하자, 경감은 끄덕였다. 그리고 에드워드는 부보스에게 나가갔다.

"오…, 오지 마!"

부보스가 주춤했다. 하지만 에드워드는 멈추지 않았다.

"죽기 전에 몇 가지 물어봐도 되나?"

부보스는 뜸을 들였다.

"좋다."

흔쾌히 수락했다.

"너희 조직 이름은 뭔가?"

"던힐이다."

에드워드는 피해자의 몸에 있던 D문신을 생각했다.

"그래? 너의 이름은 뭐고 직위는 뭐지?"

"난 루이스이고, 이 조직의 부보스다."

"부보스라면, 가장 높은 직위 바로 아래인가?"

"그렇다."

에드워드는 잠시 곰곰이 생각했다.

"네가 죽인 사람은 누구지?"

"리처드, 이 조직의 보스다."

"왜 죽였지?"

"배신자들을 처단하는데, 내가 사랑하는 여인을 무참하게 죽였다."

"배신자들이라면……, 여섯 명을 말하나?"

"그렇다. 하지만 아직 한 명이 남았다."

에드워드는 잠시 생각했다.

"혹시, 자네가 사랑하는 여인도 그 여섯 명에 속하나?"

"그렇다."

에드워드는 한참을 생각했다. 그러다가 루이스에게로 다가갔다.

"오지 마! 난 이제 여기에 있을 이유가 없어!"

"아니…, 그렇겐 안 되지. 경감님!"

켈빈 경감이 총을 쐈다. 총알이 스위치에 맞아서 공중에 날아갔을 때, 에드워드가 몸을 날려 스위치를 잡았다.

"잡아!"

켈빈 경감이 루이스를 가리키며 소리 질렀다. 경찰들은 달려가서 루이스를 포박했다. 에드워드가 루이스에게 다가가 수갑을 들었다.

"루이스, 당신을 살인 및 불법 범죄조직 운영과 기타의 다수 혐의로 체포한다. 미란다원칙으로 인하여, 묵비권을 행사할 수 있고, 모든 발언이 법정에서 불리하게 작용할 수 있으며, 변호사를 선임할 수 있는 권리가 있다."

루이스의 손목은 수갑이 채워졌다. 켈빈 경감은 그 광경을 보며, 에드워드에 대한 감탄을 금치 못했다.

모두 던힐의 아지트 밖으로 나왔다. 비가 그치며 먹구름이 사라졌다. 루이스가 경찰차에 타며, 먼저 본부로 출발했다. 에드워드와 켈빈 경감은 멀리 떠나가는 자동차를 바라보고 있었다.

"에드워드, 수고했네."

켈빈 경감이 손을 내밀며 말했다. 그러자 에드워드는 미소를 지었다.

"감사합니다."

그도 손을 내밀어 악수를 했다.

밖에서 있었던 세 명의 형사들도 함께 모여 들었다.

"에드워드 탐정님, 정말 수고 많으셨습니다."

"탐정님 덕분에 쉽게 끝냈어요. 수고하셨습니다."

"탐정님, 수사를 적극적으로 도와주셔서 감사합니다."

모두들 미소를 지었다.

"여러분들 덕분에 저도 경찰되고 싶네요!"

에드워드가 크게 웃었다. 그러자 켈빈 경감이 등을 세게 쳤다.

"하하, 경감 자리 하나 마련해 주지!"

그렇게 모두들 크게 웃다가, 경찰관 한 명이 뛰어왔다.

"경감님, 아지트 앞 우편함에 이 편지가 있던데요? 경감님에게 보낸 것 같은데요?"

켈빈 경감은 편지에 '경찰에게' 란 단어를 보았다.

"난 오늘 너무 피곤해서 글씨 하나도 못 보겠어. 에드워드, 자네가 좀 봐주면 안 되겠나?"

"그러죠."

에드워드는 편지를 건네받아서 뜯어보았다.

친애하는 경찰에게

아마 당신이 이 편지를 읽고 있다면, 우리 조직을 찾았겠죠. 우리는 이미 죽었겠지만. 어쨌든 축하해요! 조직을 잡았으니 다행이죠.

당신이 수사하면서 우리가 써 놓은 숫자가 왜 있는지 몰랐을 거라고 생각해서 이 편지를 남겨요. 우린 이 조직을 빠져 나오기 위해서 어떻게 할지 생각하고 있었어요. 그런데 루이스가 찾아와서 우리를 도와주겠다고 하더군요. 자신도 이 조직이 싫다면서 말이죠. 아마 리처드 때문에 그런 것 같아요. 리처드에게 많이 구박을 받았거든요. 그래서 우리는 목숨을 걸고 이 조직에게서 빠져나오려고 했죠. 그리고 후세에 아이들이 어렸을 적부터 이런 조직에 오지 말라고(이건 우리의 주관적인 생각이지만요), 그래서 숫자를 남겼던 거예요.

어쨌든 축하해요! 저흰 이제 마음 놓고 다음 생에 태어날 수 있게 되었네요. 루이스와 함께 가지 못해서 너무 안타까웠지만요. 그래도 제 마음속엔 항상 루이스 밖에 없을 거에요. 그럼 안녕히!

줄리아 외 6명 올림

에드워드는 모든 것을 알게 되었다. 편지를 접고, 고개를 들어보니 찬란한 태양이 떠오르고 있었다. 아마 그 태양이 에드워드의 인생에서 가장 밝은 태양일지도 모른다.

"이제 모든 사건이 끝났군."

책쓰기라는 동아리에 들어갈 때 주제를 정하고 막상 쓰려고 하니 막막하기만 하였습니다. 처음에는 쉬울 거라는 생각으로 따라왔지만 시간이 많이 걸리는지도 몰랐습니다. 그러나 막상 쓰다 보니 거의 책이 완성되어 갑니다. 만족이라는 게 이런 데시 생기는 것 같습니다. 막막했던 일들을 모두 완성하면 뿌듯함과 더불어 만족이 생기는 것 같습니다. 그리고 책이 완성되어 가니 잊을 수 없는 추억의 책이 될 것 같습니다. 감사합니다.

– 이상호

안녕하십니까? 추리소설 세 번째 부분을 맡았던 김유민입니다. 제가 학교 동아리에서 책쓰기반에 들어와 책을 쓰게 되었는데요. 사실 처음에 책쓰기라 하면 거의 모든 사람들은 머리에서 나오는 대로 쓰면 되고 작가들이 피땀 흘려가면서 썼단 말도 믿기 어렵잖아요. 저도 처음에는 그렇게 생각했었어요.

그런데 막상 해보니까 그게 아닌 거예요. 글을 쓸 때에도 계획이 필요하고 절대 즉석에서 쓸 수 없다는 것을 알았죠. 책쓰기반 하면서 잠도 잘 못잔 적도 있어서 힘들어 죽는 줄 알았어요.

또 글을 다 썼다고 해서 그게 끝도 아니더러구요. 수정을 해야 되고 노 그 수정도 한두 번이 아니라 글 전체를 쭈욱 읽으면서 계속 찾아내야 되거든요.

학교 친구들이랑 같이 해서 협동심이 엄청나게 필요했어요. 말투 맞추고 장면이나 인물 묘사 등등도 다 통일성 있게 해야 되어서 수시로 모여야 했지만 그러질 못해서 각 이야기마다 약간씩 차이도 있어요. 그리고 처음에 주제를 정해서 글쓰라고 하면 '아, 이걸 언제 어떻게 다 끝내야 하나.' 이런 생각이 들었었는데 친구들하고 협동해서 이것저것 정하면서 쓰니까 되더라구요.

하나하나 완성되어져 가는 글들을 보면 굉장히 뿌듯해요. 거의 다 만들어 갈 때쯤이면 '아, 내가 쓴 글이 책으로 만들어지는구나.' 라는 생각이 들면서 설레기도 하구요. 어린이에서 어른으로 넘어가는 시기에 책을 써본다는 게 참 대단한 일이라고 생각합니다.

"책쓰기는 자신의 생각을 다른 사람들에게 알릴 수 있는 가장 좋은 길입니다."

- 김유민

처음으로 쓰는 책이지만, 그래도 막상 다 쓰니 보람이 있었습니다. 이게 바로 책쓰는 재미가 아닐까 싶습니다. 책을 시작할 때는 앞이 막막해서 어떻게 해야 할지조차 몰랐습니다. 그래도 친구들이랑 의논을 하고 노력하다 보니 점점 익숙해지고, 책쓰기가 재밌어졌습니다. 처음엔 책쓰는 형식도 모르던 제가 책의 한 부분을 썼다니 만족스럽습니다. 그리고 완성되어 가는 책을 보니 뿌듯하기도 합니다. 이 글만큼은 제가 직접 쓴 글이라고 생각하니 기분도 좋습니다. 이 책은 제 추억이 돼서 기억에 오랫동안 남을 것 같습니다. 감사합니다.

- 제은한

이번에 새롭게 도전하게 된 책쓰기는 2012년 가장 힘들었고 가장 보람 있었던 도전이었다. 처음에 책쓰기를 하자고 선생님께서 말하셨을 때 거절했었다. 책쓰기라는 것이 재미없고 힘들 거라고 생각했었기 때문이었다. 하지만 선생님의 끈질긴 설득으로 하게 되었다.

처음에는 하기도 싫고 불평불만이었다. 돌이켜 생각해 보니 내 편견이었던 것 같았다. 책쓰기를 사랑, 우정, 이별 같은 주제에 따분한 줄글만 쓰는 것이라고 생각했기 때문이었다. 하지만 강사 쌤이 오셨고 책쓰기 강연을 듣고 생각이 조금 바뀌기 시작했다. 평소에 좋아하는 추리라는 주제로 책쓰기를 하면 괜찮겠다고 생각하게 되었고, 지금 이렇게 책쓰기를 마치고 내 이름으로 된 책을 만들게 되었다.

책쓰는 과정은 하나하나 다 힘들고 고통스러웠다. 원고 쓰는 것과 편집 하는 것 이 모두를 처음 해보는 나로서는 벅차고 힘들었다. 그래서 카페나 블로그에 책쓰기를 쉽게 하는 방법이 없나 검색도 했었다. 비결은 바로 자신이 영화 한 편을 만든다고 생각하고 감독이 돼 보라는 것이었다. 감독의 입장에서 글에 나오는 주인공을 이해하고 생각하고 주인공이 앞으로 어떤 일을 할 것인지 상상하고 추측해 보라는 것이었다.

그래서 미리 내가 생각해 놓은 주제와 줄거리를 바탕으로 감독이 돼서 사건을 하나하나 전개하고 다음에는 어떻게 하는 게 바람직할까 생각해서 글을 써 나갔다. 내가 실제로 범인이었다면 어떻게 이 상황에서 벗어날 수 있을까, 안 들키고 사람을 죽일 수 있을까 하는 것, 내가 탐정이었다면 범인이 여기서 어떻게 행동할까 하는 것들을 생각하고 어떻게 하는 것이 자연스럽고 어색하지 않은지 계속 고민했다. 하다 보니 점점 노하우가 쌓이고 힘들기만 했던 일이 재밌고 즐거운 일이 되었다. 이런 과정을 겪으면서 나는 추리 소설에 한 파트를 장식하게 되었다.

처음 한 책쓰기는 너무 많이 힘들었지만 정말 보람 있었고, 나도 할 수 있다는 자신감을 얻게 해 준 기회였다. 다음에는 다른 장르로도 써 보고 싶다.

– 이창혁

시를 많이 써보았지만, 소설을 쓴 건 처음이었다. 특히 가장 어려웠던 점은 '묘사하기'였던 것 같다. 인물의 묘사를 얼마나 잘 했느냐에 따라 소설의 질이 달라진다는 것을 배웠다. 나는 여태까지 책은 한 사람이 쓰는 줄만 알았다고 생각했다. 하지만 그것은 오산이었다. 여러 명의 작가와 협동을 하며 생각하고, 읽어보고, 수정해보는 과정이 매우 뜻 깊었다.

이렇게 협동하여 쓴 책이 혼자서 외롭게 쓴 책보다는 더욱 값졌다. 남의 소설책을 보는 것이 아닌 나만의, 우리만의 소설책을 씀으로 해서 더욱 멋진 추억이 되었다. 마지막으로 추리소설을 쓴다고 고생한 창혁, 유민, 상호, 은한이에게 고맙단 말을 전한다.

– 배준형

보낼 수 없는 편지

오른편에 있는 폭포를 보며 정신 놓고 달리다가 인형을 발견했다. 그러나 인형은 계곡 하류에서 중류 사이쯤에 쓰러져 있는 나무에 박혀 있었다. 하지만 상관없었다. 일단 건져서 바늘로 찢어진 부분을 꿰매면 되는 일이었다. 그저 소희가 이 인형을 들고 있었다는 것이 좋았다.

인형 하나 들고 있는 걸로 기분이 좋아지다니 나라는 아이는 내가 생각해도 신기했다. 나는 기쁜 마음으로 진소희…… 아니 소희에게 뛰어 갔다.

| 자기소개 |

저는 평소에 글 같은 걸 읽거나 오랜 시간이 걸리는 것들을 별로 좋아하지 않았습니다. 운동을 좋아하고 활동적인 것을 더 좋아했었죠. 근데 쓰기를 해보지 않겠냐는 선생님의 권유에 책쓰기부에 들어왔고 책쓰기라는 새로운 분야에 도전해 봅니다. 재미있는 것만을 찾아서 하지 말고 재미없는 것도 하면서 재미있게 만들어보자는 목표를 책을 쓰면서 이루어 보고도 싶습니다.

세상에 단 한 권밖에 없는 나의 책이 만들어진다는 것, 설레는 일이기도 하고 걱정되는 일이기도 하지만 모든 도전은 쉬운 것이 아니기에 어려운 일이라도 잘 해내고 싶습니다.

– 발단부 박중현

중3인 나는 지금 무엇을 하는 걸까?
무엇이 되고 싶은 걸까?
다른 애들은 하나 둘씩 자신의 미래를 위해 면접을 보러 가고, 내 친구들은 거의 다 자신의 꿈을 정해서 그 꿈을 향해 달려가고 있는데, 나 혼자 아무런 노력도 하고 있지 않다. 하지만 학교 축제에 냈던 나의 시를 통해 내 마음을 바로 잡으려 노력해 본다.

감자

태어난 지 오래지 않아
유명해진 그 이름,

감자.

자신은 흔한 식물이라도
자신은 귀하지 않더라도
자신은 여지껏 살아오며
많은 사람들을 살리며
자신은 귀함 받았다.

나는 되고 싶다.
지금은 흔한 학생이고
지금은 귀하지 않고
아직 흙 속에 잠들어 있다.

나는 될 것이다
언젠가 흙 속에서 나와
가운을 입고 생명을 구하는
감자처럼 흔하지만
감자만큼 소중한
감자 같은 사람이 될 것이다.

나는 지금 키도 작고, 운동도 못하고, 공부도 그렇게 잘하지 않는, 아주 평범한 학
생이다. 무작정 성공한 사람들을 보며 '아, 나도 언젠가 저렇게 되겠지?' 하고 몽상
만 한다.
물론 나중에는 내가 다른 직업을 가질 수도 있겠지만, 그래도 지금은 의사라는 목
표를 향해 달려가고 있다.

– 전개부 이창환

나쁜 책도 쓰려면 좋은 책만큼 어렵다. 왜냐하면 그것도 저자의 영혼으로부터 성실하게 나오기 때문이다. <토머스 헨리 헉슬리>

나는 중학교에 들어와서 처음으로 책쓰기를 하게 되었다. 옛날부터 꿈에 그리던 일이었던 터라 흔쾌히 책쓰기반에 들어왔고, 책을 쉽게 쓸 수 있을 거라고 믿었다.

하지만 생각과 다르게 책쓰기는 쉽지 않았다. 주제와 등장인물을 겨우 잡고 책을 쓰려 해도 내용이 잘 떠오르지 않았고, 겨우 짜낸 내용을 수정하는 것은 더 힘들었다.

열심히는 했다고 생각했지만 완성도가 그만큼 나오지 않자 '내가 책쓰기에 소질이 없는 건가?' 이런 생각이 들었다.

하지만 위의 명언을 우연히 인터넷에서 보고는 나는 내 책이 실패작이 아니라는 것을 느낄 수 있게 되었다. 만약 나와 같은 고민을 했던 사람이 있다면 그 사람에게 말해 주고 싶다.

나쁜 책도 쓰려면 좋은 책만큼 어렵다. 왜냐하면 그것도 저자의 영혼으로부터 성실하게 나오기 때문이다.

– 위기부 홍승헌

'사람은 책을 만들고 책은 사람을 만든다.' <신용호 선생님>

나는 중학교에 들어오면서 인생에 딱 한 번 있을 만한 책쓰기를 2번씩이나 했다. 그리고 버젓이 두 작품을 만들었다. 작품 완성도는 0%에 가까웠다. 당연한 일이었다. 아기가 태어난 지 얼마 되지도 않은 채 걸을 수는 없기 때문이다. 하지만 그 아기는 계속 걸음마를 배워 나중엔 걸을 수 있게 될 것이다.

내가 만든 책은 이 아이처럼 아주 별 볼일 없는 학생이 만든 평범하고 몹시 부족한 책일 뿐이다. 그러나 내가 원고로 내어 완성한 이 책 내용은 편집되어 책으로 나온다.

사람은 책을 만들고 책은 사람을 만든다. 말 그대로다. 책은 사람이 만들고 그 책은 다시 사람에게 전해진다. 이런 과정을 통해 우리는 세상을 향해 끊임없이 소통할 것이다. 내가 아무리 못 썼어도 내가 쓴 책에 담겨 있는 나의 생각은 반드시 읽는 독자에게 전해질 것이다.

나는 머리가 나쁘든, 체력이 좋든, 돈이 많든, 인기가 좋든지 간에 20년 후에 생각해 볼 것이다.

'음. 나는 책을 몇 권 읽었더라?'

– 절정부 정순용

나를 소개하기 위해 3행시를 지어보았다.

박 : 박주현이라는 나는 경구중학교 2학년 사고뭉치 개구쟁이인 글쓰기반의 학생이다.

주 : 주인공이 한 여자인 소희를 사랑하다 세상을 떠나는 소설인

현 : 현대의 사춘기 소설 결말 부분을 쓴 나는 박주현이다.

나란 사람

키가 작은 나

공부를 잘 못하는 나

개구쟁이인

나란 사람…….

나란 사람은

이 세상에

필요할까?

라는 생각도 해보는

나란 사람…….

나란 사람은 항상 웃고 밝고 재미있는 아이이다. 그런데 나는 키도 작고 공부도 못 하는데 내가 이 세상에서 필요할까?

나는 이런 생각도 종종 한다. 하지만 그 밝고 모두에게 기쁨을 주는 것에 감사해 사는 것이 좋다. 나는 앞으로도 웃음과 희망을 잃지 않고 살아간다고 다짐한다.

– 결말부 박주현

로그인

보 낼 수 없 는 편 지

_ 박중현

수학여행이 며칠 앞으로 다가왔다. 친구들의 얼굴에는 기대와 설렘이 가득 차 있다.

"자자, 이제 수학여행이 얼마 남지 않았지? 오늘은 수학여행을 같이할 조를 정하는 시간과 그 조의 친구들과 함께 수학여행에 대해 상의하는 시간을 갖도록 하겠다. 조는 어떻게 정하지? 음……."

"선생님, 제비뽑기로 정해요. 그러면 모르는 친구와도 더 친해질 수 있을 것 같아요."

"좋아, 그러면 제비뽑기로 정하도록 하겠다. 잠시 준비할 동안 수학여행에 대해 잠깐 생각하고 있어라."

선생님은 당부 말씀을 남기시더니 반장, 부반장과 같이 나가셨다.

"야야, 김가람. 무슨 생각 하냐? 혹시 걔 생각 하는 거 아니야?"

"이 씨… 아니야……."

지우의 말에 얼굴이 붉어지는 건 티가 나도 어쩔 수 없다. 제비뽑기라……. 소희와 같은 조가 된다면 어떤 조라도 행복하기만 할 것 같다.

"자, 이제 준비되었지? 그러면 1번부터 순서대로 나오도록."

'소희와 같은 조, 소희와 같은 조…….'

나도 모르게 마음속으론 이미 두 손을 모으고 기도하고 있다. 제발 같은 조가 되게 해주세요.

"8번? 8번? 8번!"

"아, 네! 네!"

'3조? 음……. 이제는 소희가 되길 기도하자……. 하나님 부처님 알라신님 도와주세요.'

“23번!”

‘어, 소희의 차례다. 제발⋯ 제발⋯ 소희야⋯⋯’

얼마의 시간이 흘렀다.

“1조⋯ 2조⋯ 자, 3조는 김가람, 이지우, 임지영 그리고 소희다.”

뭐⋯ 뭐라고? 소희? 아싸, 내가 그리던 그날이 왔다! 이번 기회에 수학여행을 가서 소희와 더 친해지자는 그 목표를 꼭 이루리라 다짐한다.

“자자, 이제는 같은 조가 된 친구들과 상의를 하도록.”

“김가람, 정말 됐나? 축하해. 잘해 봐라잉~”

“야, 소희 있잖아! 조용히 말해!”

눈치 없이 티를 내는 지우 때문에 소희에게 들킬까 봐 지우의 입을 막고 주변을 두리번거렸다. 때마침 소희가 저쪽에서 걸어왔다.

아, 정말 소희와 같은 조가 된 것인가. 꿈만 같다.

“가람아, 안녕!”

“소희야. 아⋯ 안녕⋯⋯.”

악! 실수를 했다. 말을 더듬다니⋯⋯ 소희 앞에서 좋은 모습을 보여야 하는데⋯⋯.

“정말 웃긴다.”

“웃지 마라잉?”

옆에서 큭큭 대는 지우가 얄밉다. 하지만 앞으로 수학여행 동안 소희와 함께 할 생각을 하니 즐거웠다.

“그러면 소희는 랜턴과 접시를, 지우는 가스버너, 지영이는 수저를 들고 와 쉬. 알겠지?”

“자, 내일도 상의를 할 테니까 오늘은 이것으로 마치도록 하자. 반장, 인사!”

“차렷, 경례!”

안녕히 계세요! 하는 아이들의 목소리에 설렘이 가득하다. 지우가 내게 어깨동무를 하며 묻는다.

"가람아, 오늘 피씨방 콜?"

"나 돈 없어."

"2시간은 대주지 뭐."

"정말? 오, 이지우~ 너 좀 짱인 듯?"

역시 지우라는 생각이 들었다. 지우는 초등학교 때부터 같이 다닌 나의 소중한 친구이다.

"가람아."

"응? 왜?"

"수학여행 가서 소희랑 잘해 봐. 내가 도와줄게~"

"응? 응, 고마워. 네가 웬일이냐?"

장난스럽게 말하긴 했지만 평소 지우는 남을 잘 도와주니 그러려니 생각했다.

"지우야, 이제 그만 가자."

"그래, 알겠어. 내일 봐~"

오늘도 학교생활이 끝나고 집으로 돌아간다. 집으로 돌아가는 내내 소희 생각으로 가득 차 있었다.

수학여행은 어떻게 보내는 게 좋을까? 역시 소희랑 친해지려면 내가 다정하게 대해야겠지? 소희가 내게 호감을 느꼈으면 좋겠는데…… 음, 어떡하지.

수많은 고민을 한 하루를 마치고 자려는 순간,

[전화 왔다~ 메시지인데. 속았지?]

라며 나를 약 올리는 휴대전화의 문자소리가 들렸다. 휴대전화를 열어보니, 아니, 이것은 소희의 문자가 아닌가! 기쁜 마음에 급하게 일어나다가 넘어지고 말았다.

"아야야……."

긴장한 마음으로 핸드폰을 열어 메시지를 확인하였다.

[가람아, 네가 들고 오라고 한 거, 랜턴이랑 접시 맞지?]

수학여행이 나에게 또 기쁨을 주는 순간이었다.

[응, 맞아. 내일까지 들고 오면 돼. 날도 늦었는데 어서 자구. 잘 자~]

얼마 후 다시 문자가 왔다.

[고마워, 너도 잘 자!]

소희에게서 답장이 왔다. 아, 이 얼마나 기쁜 순간인가. 나는 그날 소희의

[잘 자!]

라는 메시지 덕에 행복한 표정을 지으며 스르르 잠이 들었다.

따르르르릉~ 따르르르릉~

알람 소리가 나를 깨워주었다.

소희와의 등교 시간을 맞추려 평소보다 일찍 일어나니 조금 힘들긴 했지만 곧 만날 소희를 생각하니 그런 것도 사라졌다.

한참을 콧노래 부르며 걸어가는데, 어! 소희가 저기 있다. 역시 이 시간에 등교하는 게 맞나 보다.

"가람아, 안녕?"

소희가 먼저 인사를 건넸다.

"아, 안녕……."

아직은 조금 어색한 것 같았다.

수업시간 내내 소희의 생각에 잠겨 있었던 나는 소희의 옆자리에 앉을 수 있는 수학시간만을 기다리고 있었다.

딩동댕동

수업종이 울리고 수학시간이 되었다.

소희가 옆자리에 앉았고 서로 눈이 마주쳤다.

"……."

나는 많이 부끄러웠다. 하지만 소희의 얼굴이 빨갛게 변하는 건…… 왜지? 한 가지 의문이 드는 상황이었다.

그 생각에 잠겨 수업에 집중을 못하고 있는 그 때,

"김가람, 14번의 답은 몇 번이지?"

선생님의 화난 말투가 나를 톡 쏘았다.

“어, 어. 그게……”

순간 당황하여 답을 못하고 있는데,

“78이야.”

소희의 나지막한 목소리가 들려왔다.

“7.. 78이요.”

“다음부터는 수업에 집중하도록 해!”

“네.”

다행이다. 잘못하면 선생님께 크게 혼날 뻔한 상황이었다.

“소희야, 고맙다.”

“아무것도 아니야.”

소희와 조금 더 친해졌다고 느낀 순간이었다.

곧 소희의 생일이다. 수학여행을 떠나기 전 소희의 생일을 챙겨주고 간다면, 지우와 나 사이처럼은 아닐지라도 소희와 많이 친해질 수 있을 것이다. 나는 그런 기대를 갖고 소희의 생일과 수학여행을 기다리고 있다.

오늘은 4교시까지만 하고 동아리가 있는 날이다. 지우와 나는 축구부이다. 함께 축구를 하는 것이 좋아 같은 축구부를 지원하게 되었는데, 지우와 나는 호흡이 잘 맞기로 유명하다.

축구는 정말 좋은 활동인 것 같다. 가끔 지우와 다툴 때도 있지만 그때마다 우리의 사이를 원래대로 풀어 주는 것이 축구다. 이 축구가 우리 둘의 사이를 더 친하게 만들어 주었는지도 모른다.

“가람아, 패스! 패스!”

“야, 이 바보야! 그걸 못 넣고……. 아우!”

“네 패스도 안 좋았거든?”

지우와 나는 부모님 간에도 사이가 좋으시다. 우리가 초등학교 때부터 부모님끼리 친하셨고, 그로 인해 우리도 더 친해졌다. 그래서 나는 지우와 거리낌

없이 고민을 나눈다.

"지우야, 좀 있으면 소희 생일인데 뭐 선물하면 좋을까? 뭘 해야 할지 잘 모르겠어."

"음, 그건 나도 모르겠는데, 화장품 종류는 어떨까?"

"화장품은 무슨."

"그런가? 그럼 수첩 같은 건?"

"그런 것도 너무 많지 않을까? 친구도 많은데."

"음, 그럼 인형은 어때? 여자들은 귀엽고 예쁜 것을 좋아하니까, 인형이 딱 좋겠는데?"

"그래! 인형을 주면 되겠다. 지우야 고마워~"

음. 인형은 분명 여자들이 좋아할 거야. 소희도 마찬가지고…….

"가람아, 그냥 이참에 고백해. 소희 생일날인데, 이렇게 좋은 기회도 아마 없을 거야. 좋아한다고 소희에게 먼저 말해 봐. 진심은 통할 거야."

정말일까……. 그래, 좋아. 소희의 생일날에 고백을 해보자! 어떻게 되든 수학여행 때 친해지면 되니까.

"소희야, 생일…… 아니야, 소희야! 생일 축하해~ 이것도 아닌데…….”

그날 지우와 헤어지고 집에 돌아와 몇 번을 생각했지만 딱히 좋은 방법이 떠오르지 않았다. 어떻게 내 마음을 전해야 좋을까? 역시 고백이라는 것은 정말 어려운 것이구나… 그날 나는 내일이 생일인 소희에게 문자를 보냈다.

[소희야, 꼭 할 말이 있어서 그러는데 내일 오후 5시에 학교 운동장에서 만날 수 있을까?]

설레는 마음으로 답장을 기다리고 또 기다렸다. 얼마 지나지 않아서,

[그래, 알겠어. 시간 맞춰서 나갈게.]

라는 메시지의 답장이 왔다. 잘된 건 맞지만 또 한편으로는 잘할 수 있을까 불안한 마음이 있었다.

소희에게 문자를 보내고 난 후 나는 인형을 사기 위해 밖으로 나갔다. 아기

자기한 인형 가게에서 여러 가지 인형을 살펴보다, 소희와 닮은 귀여운 인형을 발견하고는 이게 좋겠다 싶어 계산해 조심스레 포장했다.

하루가 지나고 난 소희에게 잘 보이기 위해 아침부터 고민했다. 무슨 옷을 입어야 좋을까. 소희는 내가 어떻게 입는 걸 더 좋아할까? 이 옷, 저 옷 대어보다 결국 가장 자신 있는 옷을 골라 입고 소희에게로 향했다.

"소희야, 안녕. 어? 임지영."

"안녕."

아, 너무 작고 소심하게 했나? 그런데 임지영 쟤는 대체 왜 온 거야. 누가 보고 있으면 말 더 못하는데, 임지영 앞에서 고백할 수도 없고…… 아, 어떡하지.

"어, 안녕. 왜 오라고 했어?"

"아, 사실 오늘 네 생일이잖아… 그래서 선물을 주려고 불러낸 거야."

"소희 생일을 네가 어떻게 알아?"

"넌 몰라도 돼. 자, 소희야. 받아."

"아, 정말? 어쨌든 고마워! 예쁜 인형이네. 가지고 싶었던 건데, 정말 고마워!"

"별꼴이네."

"임지영!"

"내가 뭘."

기분 나쁜 표정을 짓고 있는 임지영을 보니 머리가 지끈지끈 아파왔다. 도대체 이런 분위기에서 고백을 어떻게 하라고…… 아, 어떻게 하지… 소희를 데리고 도망이라도 쳐야 하나? 모르겠다.

"소희야."

"응? 가람아."

"…… 뛰어!"

"어, 어?"

난 소희의 손을 잡고 무작정 달렸다. 임지영이 나를 향해 얼굴이 벌겋게 달아올라 소리를 지르고 있었다.

“야!! 김가람!”

“임지영, 넌 내일 학교에서 보자!!!”

“야!!!!!”

결국 도망을 택했다. 소희가 당황스러워하는 것 같았지만 어쩌랴. 지금은 이 방법 밖에는 없었다.

“헉, 헉······.”

“하, 가람, 아······ 헉, 헉. 무슨······ 갑자기 왜.”

“그게······ 하고 싶은 말이 있는데, 임지영이 있으니까 말을 못하겠어서.”

“······ 뭔데?”

“소희야. 그, 오늘 네 생일······ 진심으로 축하해. 그리고 나··· 사실······ 너 좋아해.”

“가람아······.”

나는 빨갛게 변한 얼굴로 쏜살같이 도망친 곳을 빠져나왔다. 내가 잘 말했는지 잘못 말했는지도 모른 채 나는 집으로 향했다. 소희의 대답을 기다리기가 너무 무서워, 아니 부끄러워서 그 자리에 가만히 있을 수가 없었다. 소희는 내 고백을 듣고 무슨 생각을 했을까? 고백하고 도망가는 나를 보고 소심하다고 실망하진 않았을까. 무서웠어도 그냥 거기서 대답을 기다릴 걸 그랬나··· 소희, 당황스러웠을 텐데······.

그날 밤 나는 잠에 들지 못했다. 소희 생각 때문에······.

소희는 지금 무슨 생각을 하고 있을까. 오늘 내가 잘한 것 맞겠지? 맞을 거야. 고맙다고도 했는데.

불안하기도 하고 행복하기도 하고 지금 나의 감정은 어떻게 표현할 방법이 없을 만큼 혼란스러웠다. 그래도 고백하기를 잘한 것 같다는 생각이 한편 들었다. 소희에게 나의 마음을 전달했으니까, 그것에 나는 만족한다. 이것이 소희와 내가 조금 더 친해질 수 있는 그런 행복한 계기가 되었으면 좋겠다는 생각이 자꾸······.

보낼 수 없는 편지
두 얼굴
_ 이창환

따가운 참새소리가 나의 단잠을 깨웠다. 언제나 어머니께서 먼저 일어나 아침밥을 챙겨 주셨다. 평소엔 기운이 없지만 오늘만 터져 나올 붕 뜬 마음을 애써 누르며 어제 미리 다 싸놓은 가방을 두 번, 세 번씩 확인했다. 마지막으로 검은색 선글라스를 끼고 옷을 입고 가려던 찰나, 전화벨이 울렸다.

"여보세요-"

"가람아, 같이 학교 가자!"

지우였다. 어차피 혼자 가기도 심심하니 잘되었다는 생각이 들었다.

"그러지 뭐. 지금 어딘데?"

쾅쾅. 난데없이 들리는 대문 두드리는 소리.

"들었지? 빨리 나와."

"알았어. 다녀오겠습니다!"

계단을 내려가니 182cm의 큰 키에 밀짚모자를 눌러쓰고 주황색 체크무늬 남방에 파란색 면 반바지, 샌들을 신은 지우가 손을 흔들며 맞이하고 있었다.

"이열~ 새끼, 선글라스 잘 어울린다? 놀러간다고 멋 좀 냈네?"

"오늘 같은 날엔 이 정도는 입어줘야지. 근데 너는 나에 비하면 아저씨 스타일인데?"

"원래 놀러갈 때는 제일 편한 옷을 입는 건데. 근데 그렇게 입어서 뭐하게, 누구 보여줄 사람이라도… 있구나. 부럽다, 야."

"시끄러. 보여주긴 누구한테 보여준다고 그래?"

"새삼스럽게 뭘 그러냐, 우리 사이에. 네가 소희 좋아하는 거, 아마 우리 반 애들 대다수는 알고 있을 걸?"

"다시 한 번 말하지만 난 그 애한테 관심 없어. 너희들이 무슨 근거로 그렇게 말하는지는 모르겠지만……."

"어제 오후 5시 30분. 시내에 있는 CGV 영화관에서 너희 둘이 손잡고 나오는 거 봤다. 왜 그러냐? 평소엔 지루하던 녀석이 소희만 있으면 해바라기가 되고 말이지. 못 믿겠으면 보여줄까?"

그러더니 지우는 주머니에서 주섬주섬 휴대폰을 꺼내더니 각종 사진과 동영상을 보여줬다. 분하지만 감탄을 지어낼 만큼 생생하게 표현된 사진이 가득했다.

"그렇다면 우리 반 애들이 알고 있는 것도……."

"딩동댕! 우리반의 정보통인 내가 당연히 애들한테 유포했지."

"돌았나, 이 새끼가! 학교 가기 전에 얼굴 통통 부어서 가 볼래?"

"8년 지기 친구를 무시하면 안 되지. 일단 너에 대해선 거의 알고 있단 말이다."

나는 지우와 이런 저런 이야기를 하면서 걸어갔다. 매년마다 보는 풍경이지만, 해뜨기 전의 도심은 마치 컴퓨터 게임 속 한 장면에 내가 직접 들어가 있는 느낌이었다. 가끔씩 지나가는 차들 이외에는 아무도 없어서 무엇이든지 내 마음대로 할 수 있을 것 같았고, 이 도시가 전부 내 것인 것만 같았다.

어느 새 교문에 다다랐고, 아이들의 떠드는 소리가 여기까지 들렸다. 하지만 선생님들과 아이들의 표정이 좋아 보이지 않았다.

"김가람! 이지우! 빨리 안 뛰어와! 3초 내로 안 뛰어오면 맞는다! 하나! 둘!"

"잠깐만요!"

아슬아슬하게 도착함과 동시에, 이어지는 아이들의 비난의 목소리가 뒤따랐다.

"병신아! 왜 이렇게 늦게 왔는데! 니 때문에 늦게 가잖아!"

언제나 있는 일이지만, 아이들은 내가 무슨 잘못이라도 하면 바로 욕을 해대었다. 다른 사람 누가 잘못했던 간에 나에게만 먼저 화를 내었다. 지금도 밉상처럼 보이는 내 얼굴 때문일지도 모르겠다.

"반장! 다시 인원점검하고, 줄 세워서 따라와."

우리 반 줄에 들어가니 애들과 임지영, 소희가 있었다. 모두 나를 원망스런 눈길로 바라보았지만 오직 지영이와 소희만 가만히 있었다. 소희의 짐을 살짝 들여다보니 어제 내가 주었던 인형이 들어 있었다. 나는 뛸 듯이 기뻐 하마터면 비명을 지를 뻔했다. 지우와 같이 반장을 따라 올라가니 벌써부터 애들은 뒤에 자리를 잡고 있었고, 결국 앞에 타야 했다. 아이들의 후끈후끈한 열기와 밀폐된 차 안의 공기 때문에 나는 그것들을 다 무시하고 MP3플레이어를 귀에 꽂으며 소리를 약하게 맞추고 잘 수밖에 없었다.

"여러분, 지금 우리는 강원도 평창에⋯⋯."

약하게 들려오는 음악소리와 초록빛깔 바깥경치를 보며 눈꺼풀은 서서히 나를 짓눌렀다.

"가람아! 일어나라! 너 빼고 지금 다 나갔어!"

정신을 차려보니 버스 안이 너무 조용했다. 지우 말대로 이 버스에는 지우와 나 외엔 아무도 없었다. 버스를 내리니 또 아이들은 나를 원망의 눈길로 바라보고 있었다.

"에휴, 저 괴물자식. 저렇게 잠만 자대니 얼굴이 퉁퉁 붓지."

나의 또 다른 별명은 괴물이었다. 학교에서도 쉬는 시간마다 계속 잠을 자니 잠자는 괴물이라고 불리는 것이었다. 이젠 익숙해져서 아무렇지도 않지만, 이러다가 아무도 내 본명을 기억하지 못할까 그것이 걱정이었다.

"여러분! 지금부터 우리가 갈 곳은 당나귀 목장입니다. 어떻게 따라오느냐는 자유지만, 대열을 이탈하지는 마시길 바랍니다."

도착하자마자 당나귀들 풀 뜯는 걸 봐야 했다. 만사 다 내팽개치고 물속으로 들어가고 싶었다. 그런데 언제나 내 옆에 있었던 지우가 사라지고 없고, 여자애들만이 뒤에서 천천히 올라가고 있었다. 그때 유난히 눈에 신경 쓰이는 여자애가 내 쪽으로 다가왔다.

"가람아, 괜찮으면 나랑 같이 갈래? 갑자기 애들이 다 떠나서⋯⋯."

그녀는 우리 반에서 키가 제일 작은, 노란색 카라티와 검은색 진바지를 입고 힘겹게 걸어오는 소희였다.

"물론이지! 힘들면 언제라도 말해! 내가 업어서라도 정상에 데려다 줄게!"

"그 정도까지는 아니야."

그때 소희는 분명히 당황했을 것이다. 흥분했을 때, 항상 당연한 일인 것 가지고 빵처럼 부풀리는, 이런 내 성격을 뜯어 고치고 싶었다. 그렇게 어색한 분위기로 30분간 아무 말 없이 올라가니, 그것은 그것대로 죽을 맛이었다. 이 기분은 언제나 어색했다. 어제 같이 영화를 보러 갔을 때도, 말 한마디 없이 그냥 영화만 보다가 나왔다. 그냥 남자애들끼리 갔으면 자연스럽게 행동했을 텐데, 왜 여자애하고만 있으면 이러는지 모르겠다.

"소희야, 어제 내가 준 그 인형, 오늘 가지고 왔더라?"

"응, 사실 남자애한테 이런 선물 받을 줄 몰랐거든, 그래서 그냥, 계속 가지고 싶어서……."

홍조를 띤 소희의 얼굴은 더 이상 아무 말도 하지 못했고, 나 역시 아무런 말도 하지 못했다.

"아, 으……."

"왜 그래, 소희야?"

"아니, 그냥 머리가……."

갑자기 거친 숨을 내쉬는 소희의 이마에 손을 대보니 내 이마의 온도보다 훨씬 더 뜨거웠다.

"불덩어리잖아!"

"괜찮아, 나 원래 잘 이러는 거 알잖아. 1, 2학년 때도 자주 이랬으니까. 그러니까 곧 나을 거야. 걱정 마."

전혀 걱정을 안 할 수 없는 소희와 한참을 올라가니 슬슬 당나귀들이 나타나기 시작했다. 여유롭게 풀을 뜯고 있는 그들을 보니 한결 여유로워지는 것 같았다. 그런데 나는 왜 몰랐을까. 소희와 눈을 마주치는 게 어색해서 나는 오직 당나귀들만 보고 있었다는 것을.

"가람아, 지금 이렇게 당나귀만 쳐다보고 있을 때가 아니야. 빨리 가야 할 것 같은데? 우리 아무래도 애들을 놓친 것 같아."

정신없이 당나귀만 보고 있다 보니 애들의 목소리를 놓친 것 같았다.

"이러다가 우리 영영 놓쳐버리는 것 아닐까?"

"바보야, 설마 놓치겠어? 여긴 그냥 언덕만 올라가면 된다고."

말은 이렇게 했지만 두려웠다. 언덕도 언덕이지만 이 두 갈래 중에 어느 길을 가야 할지 참 고민되었다. 하지만 사실 언덕과 언덕은 서로 보이기 때문에 만약 길을 잘못 들어왔다고 쳐도 다시 돌아가면 된다는 전제하에 우리는 일단 왼쪽 길을 가기로 했다. 남들 다 가지고 있는 휴대폰만 있으면 이런 일은 없었겠지만, 소희의 휴대폰은 버스에 두고 왔고, 내 것은 배터리가 나가버렸다.

소희는 자기 말로는 괜찮다고 하지만 그게 어디 믿을 만한 말인가? 숨이 전보다 더 거칠어지고 휘청거리기까지 하니, 나는 그저 손톱만 물어뜯을 수밖에 없었다.

"가람아, 애들이 있을까?"

"없다 해도 다시 돌아가면 되지 뭐. 설마 그 정도 힘도 없는 건 아니겠지?"

"날 물로 보지 마!"

아니나 다를까, 한참을 걸어 간 후에 반대편 언덕에서 말소리가 들렸다.

"…… 소희야, 미안해."

"괜찮아! 틀릴 수도 있는 거지 뭐. 빨리 가."

털썩, 하는 소리와 함께 내 발밑엔 가쁜 숨을 몰아쉬는 소희가 쓰러져 있었다. 괜히 나 때문에, 내가 조금만 더 생각했더라면 소희의 이마에 댄 내 손이 이렇게 뜨거워지지는 않았을 것이다.

"거짓말쟁이. 다시는 업히지 않겠다고 다짐했으면서……."

빨리, 더 빨리, 1초라도 더 빨리, 나는 지칠 대로 지친 내 몸을 이끌며, 눈앞에 보이는 갈대들을 헤집으며 언덕을 달렸다.

언덕 위에 있는 아이들은 내가 마냥 미친놈처럼 달려오는 것을 목격했을 것이다. 이미 아이들은 정상을 넘었고, 막 내려가려는 찰나, 소희를 업고 돌아오는 나를 보며 지우가 소리치자 다시 발걸음을 되돌렸다.

"뭐 하다 이제 돌아오는 건데? 전화도 안 받고."

"소희는 어째 그래?"

더욱 큰일인 것은 애들의 웅성거리는 소리에 기어코 선생님까지 달려오시고 말았다는 것이다.

"김가람, 선생님이 그만큼 떨어지지 말라고 했을 텐데. 너는 내 말을 한쪽 귀로 듣는 건가?"

"죄송합니다."

"소희 눕혀. 일단 상태를 봐야겠다."

나는 아무 말 없이 애들의 눈총을 받으며 시키는 대로 할 수밖에 없었다. 좋아지길 바라고 기도했지만, 선생님의 얼굴은 점점 굳어갔다.

"야, 이 병신 같은 새끼야! 소희 이렇게 될 때까지 넌 뭘 하고 있었는데?"

"죄송합니다."

"몸이 펄펄 끓잖아! 소희가 원래 몸이 약하단 건 네가 제일 잘 알 텐데?"

"죄송합니다."

"죄송하면 행동으로 보이라고! 소희 업고 따라와. 빨리 버스 타자."

소희가 아픈 탓에…… 아니, 내가 아주 큰 실수를 한 탓에 애들은 조금 더 경치를 즐길 새도 없이 부랴부랴 하산할 수밖에 없었다.

"김가람, 물러서. 소희는 내가 업을게. 애들아, 빨리 내려가야지."

지우는 내가 뭐라고 할 새도 없이 소희를 업어가 버렸다. 나는 거의 떠밀리다시피 내려가게 되었고, 버스에 올라타서 숙소로 돌아가는 도중에도 누구 하나 나에게 괜찮냐느니, 고생했다느니 따위의 말을 걸어주지 않았다.

이마에 얼음주머니를 올린 채 여전히 여린 숨을 몰아쉬고 있는 소희에게만 관심을 가져주고 있었다.

"쯧쯧쯧. 잘하는 짓이다, 김가람. 일부러 너하고 소희하고 붙여놨는데, 네가 이렇게 한심한 녀석일지는 몰랐다."

"김가람 병신 같은 새끼야, 책임지지 못할 거면 그냥 꺼지라고."

지금 내가 할 수 있는 일은 애들의 비난을 직격으로 맞으며 자책을 하고, 오로지 소희가 낫는 생각만 할 수밖에 없었다. 나 스스로 생각하기에도 그랬다. 이런 병신 같은 새끼가, 여자애 하나를, 그것도 좋아하는 여자애 하나를 지킬 수 없는 이런 병신 같은 새끼가, 왜 괜히 흥분해 가지고선 애 하나를 이 지경으로 만들었나.

하지만 내가 아무리 자책해도 소희의 열은 더 심해질 뿐이었다. 소희는 평소 몸이 약해 체육활동도 어쩌다 한번 할 정도로 약했다. 그래서 평소 애들의 보호를 받고 있었는데, 지우의 호들갑으로 애들한테 좋아한다는 것을 들키자 그 일을 전부 나에게 맡긴 것이었다. 만약 시간을 되돌릴 수만 있다면, 버스를 탔었던 그 순간으로 되돌아가고 싶었다.

"여러분! 10분 뒤면 숙소에 도착하니 잠든 사람 깨우고, 빠진 것 없이 짐 잘 챙기시길 바랍니다."

버스 안에서 느껴지는 이 따가운 시선을 견디려면 버스가 도착하자마자 바로 내리는 수밖에 없었다.

"야, 김가람!"

이때까지 간호를 하던 지우가 약간 근심이 사라진 채로 말했다.

"소희 열 조금 내려갔다. 조금 있으면 깨어날 거야. 명심해. 넌 도착하자마자 소희 업고 내려서 선생님한테 열쇠 받아서 바로 숙소로 들어간다. 얼음주머니도 가지고 가고."

"알았어."

어느 새 버스가 도착했고, 애들과 선생님은 아무 말 없이 나와 지우의 대화를 지켜볼 뿐이었다.

"다음에도 또 이런 일이 생기면 그땐 진짜 너 가만 안 둔다. 빨리 데리고 가!"

버스에서 내리자 웅장한 건물의 숙소가 보였다. 주위에는 갖가지 꽃들도 많이 있었고 나무도 많이 있었지만 나에게는 그런 것들에 눈이 돌아갈 시간이 없었다. 빨리, 더 빨리, 1초라도 빨리 가서 소희를 간호해야 했다. 한 번 더 소희가 쓰러지면 그때는 다시는 소희의 웃는 모습을 볼 수 없을 것만 같았다.

생각하다 보니 어느 새 방에 와 있었고, 나는 이불을 깔고 소희를 눕히며 완전히 정상으로 돌아올 생각을 하지 않는 소희의 이마에 얼음주머니를 대고 수시로 갈아 주었다. 나의 귀찮음 따위는 소희의 고통에 비할 바가 못 되는 것이다.

"김가람! 선생님이 밥 먹으러 내려 오래!"

"알았어! 금방 간다!"

식당에 들어가서도 여전히 나는 섬이었고, 가끔씩 들어오는 아이들의 질문에 그저 단답형으로 답만 해줄 뿐이었다. 밥도 먹는 둥 마는 둥하고 식판에 음식을 담아 허겁지겁 올라갔다.

"가람아, 너무 자책하지 마. 전부 네 잘못은 아니잖아?"

고개를 푹 숙이고 가고 있는 도중 낯익은 목소리가 들려왔다.

"그냥 가라."

임지영이었다.

"너무 쌀쌀맞게 굴지 말고. 애초에 소희는 약하잖아? 그러니까⋯⋯."

"그냥 상관 말고 꺼지라고!"

내 급한 성격이 또다시 한 사람을 상처 입게 만들어 버렸다. 임지영이 아무리 화를 잘 내지 않아도 이건 아닌 것 같다는 생각이 들었다. 내 적을 늘릴 필요는 없었다.

"⋯⋯ 미안해. 네 감정도 모르고."

"알면 됐어. 상관 말고 가."

"그 전에, 네가 모르는 비밀 하나를 가르쳐 주려고 하는데, 괜찮아?"

"뭔데."

"사실 소희, 걔 원래 허약체질 아니야."

"뭐?"

“허약체질 아니라고. 걔 지금 애들한테 관심 끌려고 하는 행동이라고.”

“거짓말 하지 마.”

“진짜라니까. 하여튼 별꼴이야, 진짜. 내가 걔 1년 전부터 봐와서 아는데, 걔 연기 진짜 잘해. 막 쌤한테 조금만 혼나면 바로 울려고 하고. 우리 학교의 거의 모든 쌤들이 다 걔의 연기에 속고 있는 거라고.”

“이런 걸 가르쳐 주는 이유가 뭔데?”

“단지 넌 걔의 연기에 넘어가지 않았으면 해서… 기분 상했다면 잊어버려줘.”

지영이의 말이 끝나고, 한동안 얼어붙어 있었다.

“아니야, 괜찮아……..”

분명 아까까지 내 눈앞에서 알짱거리던 애가 갑자기 사라지고 없었다. 어쩔 수 없이 총총걸음으로 식판을 들고 방으로 들어가니, 소희가 일어나 있었다.

“어? 소희야, 이제 좀 괜찮아졌어?”

“그런 건 아무래도 상관없잖아.”

“무슨 소리야?”

“모르는 척하지 마. 너 지금 너희 집이 좀 잘 산다고 나한테 이런 식으로 해도 되는 거야?”

“바보야, 알아듣게 좀 말해.”

“지영이한테 다 들었어.”

그 짧은 시간에 어떻게 다녀왔는지 지금도 궁금하다. 임지영이 대체 얼마나 걸음이 빠른 건지 알 수가 없었다.

“뭘 들었는데?”

“어제 나한테 준 이 인형, 참내… 뭐? 불쌍하니 그냥 주는 거라고? 네가 그러고도 친구니?”

순간 온 몸이 경직되는 것을 느낄 수 있었다. 동시에 주먹이 떠는 것도 느낄 수 있었지만, 계단을 올라오는 발소리에 이 분노를 억누르고 참을 수밖에 없었다. 소희는 내가 변명할 기회도 주지 않고 돌아서 가버렸다.

흔들리는 마음
보낼 수 없는 편지
_ 홍승헌

그렇게 소희와 말싸움을 한 뒤로 어느 새 밤이 되었다.

"야, 소희 어떻게 됐어?"

지우가 소희가 걱정된다는 표정으로 물었다. 내게 야박하게 굴었던 소희를 떠올리며 나는 지우가 걱정한다는 게 기분이 나빠

"아, 몰라."

하고 퉁명스럽게 대답했다.

"왜 갑자기 그래. 소희랑 싸웠냐?"

'얜 뭐 점쟁이도 아니고, 어떻게 맞췄지?'

지우가 하는 말에 뜨끔했지만 아무렇지 않은 척 한 마디를 내뱉었다.

"그런 거 아니거든….."

"에이, 거짓말 치지 마. 얼굴에 소희랑 싸웠다고 적혀 있는데, 뭐….."

"아니라니까!"

화낼 마음은 없었지만 자꾸 지우가 꺼내는 소희 이야기를 듣다보니 나도 모르게 화가 났다.

"아니면 아니지, 왜 화를 내고 그래."

"맞아. 솔직히 자기가 소희한테 못해 준 거면서."

옆에 있던 아이들이 말했다.

"됐다, 됐어. 그만하자. 그냥 내일 소희한테 직접 가서 물어 보지 뭐. 빨리 불 꺼. 벌써 11시야. 내일 허브 농원 가서 놀려면 일찍 자둬야지."

지우가 상황을 종료시키려는 듯 말했다.

불이 꺼지자 내 머릿속은 다시 소희 생각으로 가득 차 있었다.

'소희가 왜 갑자기 나한테 그랬지? 분명 임지영이 그랬다고 했는데…… 임

지영이 아무 이유 없이 그런 말을 지어낼 리는 없을 텐데…….'

"야, 잘 자라."

'임지영이 왜 그랬지?'

"야, 자냐?"

"어? 어……."

"자긴 뭘 자, 깨어 있구만."

"어, 어."

"잘 자라."

"어……."

내 멍한 목소리에 지우가 웃는 소리가 들리고, 이윽고 사방이 조용해졌다.

"야, 빨리 일어나."

지우의 목소리가 들렸다.

'벌써 아침인가?'

어젯밤 복잡한 머리를 정리하느라 한숨도 못잔 내 얼굴을 보며 지우가 말했다.

"빨리 일어나서 씻고 밥 먹으러 가자. 엄청 피곤해 보이네."

"으응."

아침이 되어서도 머릿속은 지영이와 소희 생각으로 가득 차 있었다.

"야, 김가람. 빨리 좀 나와. 나도 씻어야 된단 말이야."

지우가 당장이라도 문을 부수고 들어올 것 같은 목소리로 나를 독촉했다.

"알겠다니까. 조금만 기다려."

나는 복잡한 마음을 양치질에 풀려는 듯 빠르게 칫솔로 입 안 구석구석을 닦았다.

"김가람! 빨리 해. 밥 먹을 시간 다 되겠다."

"이제 다 했어."

내가 문을 연 순간 지우는 마치 육상선수가 스퍼트를 끊는 것처럼 빠른 속도로 화장실 안으로 들어갔다.

그렇게 지우가 화장실에 씻으러 간 동안 내 머릿속은 또 지영이와 소희 생각을 하고 있었다.

'지영이가 왜 소희한테 그랬지?

"야, 김가람. 밥 먹으러 가자."

'왜 지영이가 나한테도 소희가 거짓말을 했다고 했을까?'

"야, 김가람! 밥 먹으러 가자니까?"

몇 번이고 나를 부르는 지우의 말이 그제야 어렴풋이 들려 지우를 쳐다보니 지우가 기가 막힌다는 표정으로 나를 보고 있었다.

"아…… 어."

"…… 너 어젯밤부터 왜 그래? 진짜 소희랑 싸웠나?"

아무리 지우라도 그렇게 계속해서 관심을 갖고 말하는 건 왠지 기분이 나빠서 애써 끝까지 부정했다. 이유는 모르겠지만 지우에겐 별로 말하고 싶지 않았다.

"아니라니까. 밥이나 먹으러 가자."

밥을 먹으러 식당에 가는 중 문득 소희를 만나면 어떻게 하지라는 생각이 들었다. 그래서 나는 주위를 조심스럽게 살피며 걸었다. 하지만 식당에 들어서서도 소희는 보이지 않았다.

그렇게 밥을 코로 먹는지 입으로 먹는지도 모르게 먹고 나는 허브농원으로 향하는 버스를 탔다. 버스에 탑승한 순간 혹시 소희를 보게 되지 않을지 걱정했지만 그것도 잠시, 소희가 어제 일 때문에 하루 쉬는 게 좋겠다는 선생님의 말 덕분에 숙소에 있게 됐다는 걸 알고 나서 나는 버스 좌석에 편하게 앉을 수 있었다.

"안녕하세요. 반갑습니다. 저는 오늘 여러분을 안내할 이미영이라고 합니다."

안내원으로 보이는 사람이 말했다.

"지금 우리는 허브 농원으로 갈 텐데요, 허브 농원은 허브를 키우고 그것을 관람객에게 체험……"

나는 복잡한 머릿속을 정리하려고 귀에 이어폰을 꽂았다.

하지만 생각을 많이 해서 피곤한 탓일까. 나는 어느 새 잠들어 버리고 말았다. 그렇게 잠든 지 1시간이 지났을까. 누가 나를 흔드는 손길 때문에 잠에서 깼다.

"김가람, 빨리 일어나. 넌 버스 안에 있으면 무조건 잠드나? 에휴."

흐릿하지만 대충 보고도 알 수 있을 법한 이 목소리와 덩치, 지우였다.

"이, 또 잠들어버렸네. 벌써 도착했나?"

"그래, 빨리 나와. 다른 애들은 다 나갔어."

'나갈 때 좀 깨워주지. 꼭 지들 먼저 다 나가버리네.'

"빨리 나가자. 애들이 또 뭐라고 하겠다."

"어."

다행히 내가 늦게 나온 줄 몰랐던 애들 덕분에 비난을 피할 수 있었다.

"우리는 제일 먼저 허브를 키우는 곳에 가볼 건데요. 질서를 지켜야 하니 두 줄로 따라와 주세요."

안내원이 마이크를 착용한 채 우리를 둘러보며 말했다.

"먼저 허브를 키우는 곳을 들려볼 건데요. 모두들 잘 아는 곳일 거예요."

허브를 키우는 곳은 마치 부자들이 사는 정원 같았다.

정원을 보자마자 나는 달콤하면서 싸한 향기에 취해 소희와 싸운 일도 까맣게 잊은 채 정원을 걸었다. 그때 갑자기 안내원의 말소리와 함께 향기는 사라져버렸다.

"이제부터는 자유시간인데요, 허브를 가지고 체험을 할 학생들은 저를 따라와 주시고요. 놀거나 쉬실 학생들은 놀거나 쉬세요. 난, 허브를 괴롭히시면 안 돼요."

"네!"

나도 친구들과 놀거나 체험을 하고 싶었지만 마음이 심란해서 도저히 놀 수가 없었다.

'임지영이 나를 싫어하나? 소희한테 왜 그런 말을 했지.'

생각을 계속하다 보니 어느새 갈 시간이 되어 있었다.

'시간이 벌써 이렇게 됐나? 본 것도 없는데…….'

"오늘 즐거웠죠?"

"네!"

"앞으로도 계속 우리 허브 농원 사랑해 주세요."

"네!"

생각을 너무 많이 해서인지 버스 의자에 앉자마자 잠이 쏟아졌다. 나는 잠시 소희 생각을 접기로 하고 잠을 잤다.

"야, 김가람. 빨리 일어나. 일어나라고."

"으…… 으음?"

낯선 목소리와 함께 누군가 나를 흔드는 손길이 느껴졌다. 평소대로라면 지우일 텐데, 지우라기에는 손길이라든지 목소리가 낯설었다.

"일어나라니까? 다 왔다고."

지우 목소리가 원래 이랬나? 지우 목소리는 다른 애들에 비해 낮은 편이라 듣기 편했었는데, 이 목소린 어딘가 굉장히 신경질적이다.

"왜 이렇게 꾸물거려, 애들 다 가겠다."

그래도 나를 깨우는 애가 지우 밖에 없으니 지우겠지 싶어서 앞을 보니 긴 생머리에 짧은 치마를 입은 여자아이, 다름 아닌 지영이가 있었다.

"어? 네가 왜 여기 있냐? 지우는 어디 가고?"

"지우는 애들이랑 먼저 나갔는데? 네가 너무 안 일어나니까 나보고 좀 깨워 달라고 하면서……."

이지우, 너마저 날 배신하냐……. 소희와의 싸움부터 시작해 계속해서 느껴지는 누군가에 대한 섭섭함에 괜히 기분이 쓸쓸해졌다. 내 편은 정말 아무도 없는 건가.

“빨리 가자, 애들이 너보고 뭐라고 하겠다.”

“너 먼저 가라. 곧 갈 테니까.”

계속 나가자고 나를 재촉하는 임지영이 짜증나서 신경질을 내듯 목소리를 내뱉었지만 그래도 임지영이 자꾸 말을 걸었다.

“지금 가면 되잖아. 뭐 할 거 있어?”

“아니, 곧 갈 테니까 가라 그냥.”

진짜 징하다. 질리지도 않을까. 왜 나를 이렇게 내보내고 싶어 안달인지 모르겠다. 나도 발 있고, 가만히 두면 나 알아서 나갈 텐데 굳이 왜……. 하여튼 이상한 애다.

“왜? 그냥 가자.”

“그냥 가라니까!”

결국 계속되는 보챔에 화를 냈다. 애는 진짜 눈치가 없나? 소희한테 무슨 말을 했을지 불안한 내 속도 모르고, 딱 봐도 내 기분이 나빠 보이는 게 보일 텐데 계속 보채기나 하고…….

아, 짜증난다.

“왜 화를 내고 그래. 기껏 깨워줬구만.”

지영이가 눈을 흘기며 말했다. 그러고는 버스 밖으로 나갔다.

소희랑은 싸우고, 임지영은 소희한테 이상한 말이나 하고, 지우는 먼저 가버리고…… 임지영한테 소희한테 왜 그런 말 했냐고 물어볼 걸 그랬나? 하지만 말을 했다면 임지영과의 대화를 더 길게 끌었을지도 모르는 일이었다. 일단 나가는 게 좋겠다 싶어 버스에서 내렸다.

밖에 가니 아이들이 모두 박물관으로 들어가고 있었다. 그곳에는 지우와 우리 방 소속인 애들도 있었다.

“야, 이지우!”

내가 크게 소리쳤다. 하지만 다른 아이들의 소리에 묻혀서 잘 들리지 않는 듯 했다. 나는 지우에게 달려가서 말했다.

"야, 이지우. 왜 나 버리고 가?"

"무슨 소리야?"

"네가 나 잠자고 있는데 임지영한테 깨우라고 하고 먼저 갔잖아."

억울한 표정을 하는 지우가 얄밉기만 했다. 네가 먼저 버렸으면서, 어떻게 그렇게 억울한 표정을 지을 수 있지?

"아닌데? 임지영이 자기가 너 깨울 테니까 그냥 가라고 하던데?"

"임지영이 네가 임지영보고 나 깨우라고 했다고 하던데?"

"뭔 소리야. 네가 잘못 들었겠지."

그러고 보니 조금 이상하다. 지우가 나를 안 깨울 리가 없다. 수학여행 와서 버스에서 자는 나를 깨운 건 다 지우였으니까.

"아니야. 내가 똑똑히 들었는데?"

"아, 몰라. 하여튼 임지영이 나한테 자기가 너 깨운다고 먼저 가라고 그래서 간 것뿐이야."

"진짜……?"

"그럼 내가 거짓말 하냐? 그것도 너한테, 별 것도 아닌 걸로."

지우의 표정은 더 의심하면 마음이 상할 것 같다는 뜻을 담은 것 같았다. 하긴, 지우가 그럴 리가 없지. 다른 애들이 다 그래도 지우만은 나를 아끼니 말이다.

"아, 아니."

"어쨌든 나 먼저 간다."

나는 뭔가 이상하다는 것을 느꼈다.

소희 때도 그렇고 지금도 그렇고 임지영과 다른 아이들 말이 항상 다르다는 걸 말이다. 임지영이 상습적으로 거짓말을 하고 다니는 건가?

박물관으로 들어가는 지우를 보고 나는 잠시 생각을 접고 박물관 안을 구경하기로 했다.

박물관 안은 평범했다. 옛날에 만들었을 법한 도자기, 토기, 무기, 불상 등 어느 박물관에서나 볼 수 있을 법한 것들밖에 없었다. 나는 재미없고 지루한 박물관을 뒤로 한 채 밖으로 나와 바람을 쐤다.

한참을 멍하게 있다가 시끄러운 소리에 주위를 살펴보니 아이들이 모두 박물관 밖으로 나오고 있었다. 나는 일어서서 바지를 털고 버스에 올라탔다.

"너, 어디 있었어?"

지우가 나를 한참 찾았는지, 저쪽에서 뛰어와 숨을 몰아쉬며 말했다.

"잠시 바람 좀 쐤는데 왜?"

"아니, 너 오늘 뭔가 이상해서."

"뭐가?"

"나한테 너 버리고 갔다고 하는 것도 그렇고…… 무슨 일 있냐?"

지우의 걱정에 지금 내 속의 모든 고민들을 그냥 다 털어놓을까 하는 충동이 들었지만, 이내 그 생각도 접었다.

지우까지 걱정시키면 정말 나쁜 친구가 되는 셈이니 말이다.

"아니, 아무 일도 없어."

"에이, 거짓말. 뭔데?"

"진짜야."

"김가람."

"진짜라니까."

"……."

"진짜야."

"…… 그럼 됐고."

내가 계속 발뺌하자 지우는 이내 포기하고는 자신의 자리에 앉았다.

박물관으로 오는 버스 안에서 많이 잔 탓인지 숙소로 가는 길에는 잠이 오지 않았다. 나는 계속 소희와의 싸움과 임지영의 거짓말에 대한 생각을 했다.

어느 새 숙소에 도착해서 저녁을 먹고 밤이 되었다. 복도에서 소희를 만날까 봐 걱정했지만 결국 소희와 마주치지는 않았다. 나는 피곤했지만 복잡하고 심란해진 머리 때문에 잠을 이룰 수가 없었다. 결국 나는 잠시 바깥바람을 쐬기로 하고 방을 나가려고 했다.

"김가람, 어디 가?"

지우가 방을 나서는 나를 보며 물었다. 나 때문에 잠에서 깬 것 같아 괜히 미안해졌다.

"잠시 바람 좀 쐬고 올게."

말이 끝나기 무섭게 나는 문을 닫고 바람을 쐬러 갔다. 바람을 쐬며 복잡한 머리를 식히고 있는데 저 멀리서 한 여자아이가 오고 있는 것을 보았다. 처음에는

'누가 이 시간에 돌아다니지?'

라고 생각했지만 그 아이가 가까워질수록 나는 하던 생각을 모두 멈출 수밖에 없었다. 그 아이가 소희였기 때문이다. 나는 소희가 오는 모습을 보고는 당황해서 어쩔 줄 몰라 했다. 그것도 잠시 나는

'설마 내 얼굴을 보진 않았겠지?'

라고 생각하며 무작정 내 방을 향해서 뛰어갔다.

산속의 밤이라 추운데도 얼굴이 후끈후끈 거렸다. 가슴도 두근두근 거렸다. 그러던 도중 갈증이 났다. 나는 물을 마시러 가려 했지만 소희가 있을까 봐 그러지 못했다. 나는 결국 우리 조 아이들에게 콜라를 얻어마시기로 하고 방으로 들어갔다.

진심

보 낼 수 없 는 편 지

_ 정순용

"콜라 없냐?"

"다 먹었어."

바닥을 뒹굴며 말하는 지우의 나른한 모습에 나는 냉장고를 열려다 지우를 돌아보며 읊조렸다. 돼지 녀석…….

"그걸 벌써?"

"500mL 3병 밖에 없는데 그게 간에 기별이나 가겠냐? 4명이나 있는데."

"물 마시려면 또 문밖에 나가야 하잖아... 왜 정수기를 밖에다 놔두지?"

"이 숙소 시설이 그런가 보지 뭐. 졸리니까 더 이상 잠 깨우지 마."

지우가 눈을 감는 것을 보며 더 묻기는 글렀다는 생각을 했다. 어쩔 수 없다. 밖에 나가는 수밖에. 그나저나 진짜 의문이네, 왜 밖에다 놔뒀지?

정신없이 걷다보니 정수기 앞에 와 있었다. 사실 갈증보다는 열이 받아서 물을 먹는 셈이었다. 아까부터 계속 화를 참지 못하고 안절부절 하고 있다는 사실을 알고 있지만 멈출 수가 없었다. 근본적인 원인은 모르지만 정말 싫었다. 이러고 있는 나 때문일까? 아니면 소희 개 때문?

맞을 수도 있다. 아니, 맞는 것 같다. 분명 소희 때문이다. 난 너무 내 마음을 잘 알아서 탈이야.

나는 애써 내 자신을 마인드 컨트롤하면서 다시 방으로 들어가려 했다.

하지만 발은 떨어지지 않았다.

소희가 내게 화를 내는 장면이 머릿속에서 계속 되풀이되면서 머리가 아팠다. 머리에 손을 대고 좀 있다가 정신을 차려보니 내가 괜한 종이컵에게 화풀이를 한 후였다. 그 종이컵은 구겨진 채 쓰레기통으로 들어갔다.

다시 방으로 들어와 잠을 청했다. 하지만 잠이 오지 않았다. 방금 전에 주어진 문제를 풀기 전에는 잠을 잘 수 없을 것만 같았다.

도대체 왜 화를 냈는지 이유를 알 수 없었다. 이렇게 명분 없이 화를 내면 명탐정 셜록홈즈가 와도 알 수 없을 것이다. 아무 이유 없이 상대방이 나한테 욕하고 가버리는 이 어이없는 상황……. 아, 짜증나!

결국 나는 새벽 5시나 되어야 겨우 잠을 잘 수 있었다.

[웅, 웅, 웅, 웅]

무슨 소리가 들려왔다. 휴대폰 진동소리 같았다.

"가람아, 일어나! 지금 밥 먹으러 내려 오래! 다른 애들은 벌써 갔단 말이야."

"너 먼저 가. 내가 다 정리하고 갈게."

"어, 그래? 그럼 나 먼저 간다."

저 녀석 진짜 간다. 왜 저렇게 생각이 없지? 저러니 미련 곰탱이란 소리를 듣는 거지. 어제보다 짜증이 더 나는 것 같았다. 어제는 잠깐이지만 정말 기분이 좋았는데, 이불까지 신경을 건드려 계속 불쾌지수를 올렸다. 할 수만 있다면 이 불쾌감을 누구한테 확 옮겨버리고 싶었다.

식당으로 가니 소희가 보였다. 왜 쟤만 보면 얼굴이 후끈거리지? 확실히 소희 때문에 화가 난 것이 맞는 것 같다. 보면 볼수록 짜증이 치솟았다.

하지만 짜증을 내면서 나도 모르게 눈은 흘끔흘끔 소희를 향해 있었다. 소희는 식당 정수기 앞에서 먼저 나와 물을 마시고 있었다.

난 이 불쾌지수와 모든 짜증의 원인 제공자, 소희를 곯리고 싶어서 눈이 뒤집혔다. 이제는 소희고 뭐고, 이 짜증나는 기분을 날려버리기 위해서는 무엇이든 하고 싶었다. 나는 이 짧은 순간에 소희에게 골탕 먹일 계획을 세웠다. 바로 앞에 있는 정수기를 이용하자는 것이었다. 정수기 하면 물, 이 상황에 물로 골탕 먹일 거라면?

정수기 앞을 둘러싼 애들 속으로 파고 들어가 재빠르게 물을 받았다. 하지만 막상 받아놓으니 소희의 얼굴에 아무 이유 없이 부어버릴 수는 없는 노릇이었고 그럴 용기도 나지 않았다.

'이 상황에서는 소희를 꿇리려면 얼굴에 붓는 수밖에는 없어! 김가람 힘을 내라!'

그 순간 옆에서 누군가 내 손을 쳤다. 그러자 물 컵이 옆으로 쏠렸고 바로 옆에 있던 소희가 정확히 맞았다.

성공이었다.

젖은 소희는 흡사 물귀신 같았다. 속눈썹 위에 커다란 물방울이 달렸다 떨어졌다. 차가움 때문인지 창피함 때문이진 소희의 볼이 바르르 떨렸다. 아주 기뻐야 하는데, 아니 아주 쾌재를 불러야 하는데 예상과는 달리 별로 기분이 좋아지지 않았다.

'어? 이게 아닌데, 내가 원한 건……'

잠깐만! 이 상황에서도 난 소희한테 관심을 갖고 있는 건가?

"야! 김가람! 빨리 사과해."

"맞아. 너 때문에 애 얼굴에다가 옷까지 다 젖었잖아."

왜 옆에 애들이 나서는지 이해가 되지 않았다. 개들이 가만있어도 내가 먼저 사과했을 건데, 괜히 옆구리 찔려 절하는 기분이니 모양새가 우스웠다. 나도 솔직히 고의로 한 건 아니라고, 옆에 애가 쳤으니까. 아니 고의로 한 것일지도…… 생각이 꼬리를 물다 보니 에잇! 고의건 아니든 일단은 꼬투리를 잡아야할 것 같았다.

"뭔 헛소리야! 내가 일부로 했냐?!"

나는 반박했다. 툭 하고 한 마디를 던지고 나니 자신이 비겁하게만 느껴져서 더 어색하기만 했다.

그 순간, 소희가 차갑게 쏘아붙였다.

"맞아. 일부로 하지 않았다고 하잖아? 놔 둬. 아무 이유 없이 사람 체면 만신창이로 만드는 것이 재 취미인가 보지 뭐."

나는 뒤돌아 가는 소희를 보면서 아무 말도 하지 못했다. 보이지는 않지만 돌아가는 소희의 얼굴이 보이는 것만 같이 느껴져서 부끄러움을 감출 수가 없었다.

'만신창이, 만신창이, 만신창이……'

소희의 목소리가 귓가에 쟁쟁거리며 나를 혼란스럽게 했다.

방에 갔더니 애들이 벌써 짐을 싸고 떠들고 있었다. 아마 지금 일정이 휴식 시간을 가지고 계곡에 놀러 가는 것일 테니 말이 많을 것이다.

"야! 이지우. 일정표 내 놔."

"어, 여기…… 근데 너 화났냐?"

"말 걸지 마라."

"쳇, 맛있는 밥 먹고 와서 왜 화내는지."

지우의 말을 무시하고 일정표를 보았다.

계곡에서 놀고 집에 가는 일정이었다. 2일째는 내일이면 집에 간다는 생각에 정말 좋았는데 오늘은 왜 이렇게 찝찝하지? 얼굴이 달아올랐다.

소희! 짜증나게 만들더니 이제는 기분까지 찝찝하게 만드네. 왜 모두들 소희만 감싸고 돌지?

"계곡에 놀러 가는데 학습지를 하는 건 아니겠지?"

"아니겠지. 놀기에도 빠듯한 시간인데."

듣던 중 반가운 소리였다. 계곡에 가서 신나게 놀고 이 찝찝한 기분을 날려 버려야지!

복도 가는 길에 쓰레기통이 보였다. 나는 쓰레기통에 곁눈질을 하면서 뚫어져라 쳐다보았다.

한숨이 절로 나왔다. 내가 지금 뭘 하고 있는 건지…….

또 다시 관광버스에 올랐다.

귀에 MP3 이어폰을 꽂고 창문을 통해 경치를 살폈다. 창문을 통해 보이는 경치는 2박 3일 동안 여행한 도로나 산, 강밖에 없었다.

경치가 같을 거라는 건 알았지만 꼭 버스에 올라타면 꿀이라도 발라 놓은 듯 그대로 앉아 경치를 보게 된단 말이야. 그래도 나는 이런 버스가 싫지는 않다. 하지만 버스 안의 냄새는 정말이지 불쾌지수를 올린다. 멀미인가?

"아! 아! 학생 여러분, 지금 가는 곳은 강원도 평창 흥정계곡입니다. 도착하시면 2시간쯤 자유 시간을 가지다가 돌아오시면 되는데, 계곡 오른편에 다리가 있습니다. 보이시죠? 그 다리를 건너서 도로 왼편으로 오시면 됩니다. 11시에 계곡에서 벗어나 12시에 숙소로 돌아가 점심식사를 하고 학교로 돌아가도록 하겠습니다. 안전에 주의하시기 바랍니다."

서서히 졸음이 몰려 왔다. 어제 별로 잠을 자지 못해서 그런 걸 거다. 이제 보니 잠 못 잔 것도 소희 때문인데 소희는 언제부턴가 나랑 엄청 꼬이는 것 같다.

"가람아, 너 엄청 피곤해 보인다. 어제 잠 안 잤나?"

"아, 시끄러. 너하고 이야기하면 더 졸려. 그냥 게임이나 해라."

이럴 때 보면 지우는 정말 거머리같이 엄청 붙어 다니며 필요한 질문, 필요 없는 질문까지 다 물어본다. 별명을 만들어줘야겠다. 찰거머리!

"야, 너 그 습관 버려라."

나도 모르게 생각을 말로 뱉어냈다.

"뭐?"

"아, 상대방 기분 파악 좀 하고 말하라고."

"뭐야. 갑자기 왜 시비 걸어?"

그러게. 나도 내가 뭐하고 있는지 모르겠다.

나는 지우의 말을 무시하고 의자를 뒤로 젖혔다. MP3를 끄고 자려 했는데 뒷좌석에서 대화하는 소리가 들렸다.

"어제 재가 소희한테 물 뿌리는 거 봤나?"

"좀 너무하더라."

"그치? 재 어제 엄청 까불더라. 되게 재수 없게 말하고. 사과하라니까 일부러 안 그랬다면서……."

"와, 그렇게 안 보였는데 진짜 실망이다."

“맞지? 그렇게 안 봤는데 진짜 밥맛이야.”

“근데 어젠 소희도 장난 아니었어.”

“맞아. 완전 싸늘하게 말하더라고. 난 소희가 그렇게 말하는 앤 줄 몰랐는데…….”

“그러게 말이야. 근데 지영아! 너 어젯밤에 어디 갔었어? 우리끼리 놀려고 하는데 너 없어서 얼마나 찾아 다녔다고!”

“헤헤, 그때 내가 어디 있었는지 알아?”

“그걸 우리가 어떻게 알겠냐?”

“너희들! 어제 같이 좋은 볼거리 만들려고 힘쓴 나한테 고마워 해. 나 그때 소희한테 갔었어.”

“볼거리라니…… 뭔가 엄청난 일을 저지른 것 같은데? 임지영, 그런데 소희한테는 왜 갔었어?”

“음. 그건 비밀.”

어제 일 때문에 내 이름을 들먹거리는 것이 짜증났다. 사방에서 쳐다보며 숙덕숙덕 거리는 소리는 정말이지 넌덜머리가 났다.

나는 바로 소희를 바라보았다. 아무런 반응이 없었다. 예전에는 저런 이야기 들으면 소희랑 연관된 일이어서 좋았는데 지금은 몹시 예민해진단 말이야. 내용이 좋지 않아서 그런가? 알게 뭐야. 잠이나 자자.

좀 있다 버스가 서는 느낌이 들었다.

“가람이, 가람이! 다 왔다. 일어나라.”

“음, 응.”

지우가 나를 깨우는 소리가 들렸고, 그에 나는 반사적으로 일어났다. 덜 깬 것 같은 눈을 살짝 비비면서 버스에서 내려 주위를 둘러보니 몇몇 애들은 이미 놀고 있었다.

계곡은 시원해 보였다. 생각보다 꽤 큰 계곡이었다. 바위가 주위에 널려 있었다. 그래도 큰 절벽은 없는 걸 보니 중간 크기 계곡이라고 해야 하나? 바닥은 자갈을 비롯한 여러 가지 모양의 돌멩이들이 깔려 있었다. 이렇게 뛰어노는 애들 한테 자갈밭이라니…… 정말 실수라도 하면 넘어지기 쉽겠다.

내린 곳 바로 앞은 계곡의 하류쯤인지 물살이 잔잔했다. 상류에 가면 엄청나 게 물살이 빨라지는 것이 계곡인데 꼭 아기 같았다. 지금은 잠자는 조용한 아 기와 비슷했다. 상류에 가면 아무도 못 말리는 우는 아기인 건가?

"야, 김가람! 우리 물수제비 누가 많이 하나 내기 하자!"

"싫어, 귀찮아."

한 놈 떼어냈다 했더니 이번엔 수도 없이 붙었다.

"그럼 나랑 같이 있자, 가람아."

"싫어, 귀찮아."

"그럼 몸만 따라 와. 내가 손잡고 인도해 줄게."

난 임지영에게 끌려가면서 소희가 어디 있는지 살폈다. 여자 애들과 함께 계 곡 중간쯤에 와서 포기하려고 할 쯤 드디어 소희를 발견했다.

소희는 상류에 있었다. 어제 그렇게 싸늘하게 말했는데 얼굴이 비교적 좋아 보였다. 마치 아무 일 없다는 듯이 말이다. 잠잠했다.

"야, 우리 상류에 가서 놀자."

"음. 그럴까?"

'오! 웬일? 임지영 네가 내 말을 들을 때도 있구나!'

"빨리 가자!"

상류에 가니 꽤 물살이 셌다. 발을 잘못 디디면 큰일 날 물살이었다. 소희는 무릎을 굽힌 채 앉아 무언가를 씻고 있었다. 저렇게 무릎 굽히고 앉아 있으면 분명히 무릎이 저리고 허리도 아플 텐데 꼼짝 않고 앉아 있었다.

"가람아, 우리 저기 가서 놀자!"

난 임지영 말은 간단히 무시하고 계속 소희를 살폈다. 이번에는 다리가 저렸 는지 종아리를 두드리고 있었다. 나는 소희를 보다가 무심코 그 밑에 물체를 살폈다. 그 물체는 작고 앙증맞은 형태였다.

이윽고 속으로 나도 모르게 환호를 질렀다. 분명 그 물체는 내가 생일선물로 준 인형! 인형인 것이다.

"빨리 안 오고 뭐 해! 안 오면 가서 데려온다."

이미 내 귓가에 임지영의 말은 들리지 않았다. 아니 중요치 않았다. 내 몸은 이미 소희 쪽으로 달려가고 있었다.

"야! 소희!"

소희는 흠칫 놀란 것 같았다. 내가 소희 옆으로 오자 인형은 없어졌다.

"야! 너 내 인형 가지고 있었구나?"

"아니, 그게 아니고, 그런데 그 인형 저기 있는데?"

"뭐?"

인형은 물살에 빠르게 휩쓸려 밑으로 두둥실 떠내려가고 있었다.

"가람아! 너 왜 안 와! 소희…… 너도 있었어?"

신경질적인 목소리에 옆으로 힐끔 보았다. 얼굴이 일그러져 있었다. 거의 만날 보던 일그러진 임지영의 얼굴이었지만 지금 보는 얼굴은 더더욱 일그러져 있었다. 하지만 나한테 지금 그게 무슨 상관인가?

"아, 그게…….''

"기다려! 내가 가서 주워올게!"

나는 옆에 임지영이 서 있든지 말든지 그냥 쌩하고 날아가듯이 뛰어갔다. 그저 기쁜 마음뿐이었다.

오른편에 있는 폭포를 보며 정신 놓고 달리다가 인형을 발견했다. 그러나 인형은 계곡 하류에서 중류 사이쯤에 쓰러져 있는 나무에 박혀 있었다. 하지만 상관없었다. 일단 건져서 바늘로 찢어진 부분을 꿰매면 되는 일이었다. 그저 소희가 이 인형을 들고 있었다는 것이 좋았다.

인형 하나 들고 있는 걸로 기분이 좋아지다니. 나라는 아이는 내가 생각해도 신기했다. 나는 기쁜 마음으로 진소희…… 아니 소희에게 뛰어 갔다.

아까보다 물의 양이 더 많아진 것 같았다. 물이 출렁거리며 신나게 춤을 추고 있었다. 거기다 세기도 세져 물이 출렁거리기보다는 작은 바위나 돌들을 삼키며 빠르게 지나갔다. 빨리 올라가야겠다는 생각이 스쳤다.

내려오는 동안 몰랐는데 꽤 경사가 높았다. 심장도 빨리 뛰었고 숨도 가빠왔다. 아무런 생각이 없었다. 머리가 하얗게 되어버린다는 것은 이런 걸까? 만날 멍 때릴 때 느꼈던 것이 머리가 하얗게 되는 것인데 이번엔 뭔가 달랐다. 신기한데?

상류에 거의 다다랐다. 힘이 들어 걷는 동안 나는 인형을 힐끔 보았다. 인형이 물에 찢어지고 젖어 있어서 한 마디로 인형이, 인형 그대로가 아니었다. 하지만 내 눈에는 인형 얼굴만 들어왔다. 인형의 얼굴은 웃고 있었으니까...

나는 웃으며 뛰어갔다. 세뱃돈 받을 때보다 더욱 설레었다. 이 상황에 나보다 기분이 좋은 사람은 없으리라.

상류에 도착했다. 살펴보니 사람들은 거의 다 내려가고 없고, 우리 학교 애들이 두세 명 정도 보였다.

"야! 이제 내려와. 거기 위험해!"

내가 소리 지르자, 한 명이 손을 흔들었다. 좀 더 다가가서 보니 소희였다. 기분이 좋았다. 이 좋은 기분을 무엇으로 표현해야 할까? 복권 당첨? 어쨌든 그만큼 믿어지지 않았고 뭔가 뿌듯한? 자부심 같은 것이 느껴졌다.

나는 소희가 있는 쪽으로 다가가려 했다. 그런데 그 순간 넘어졌다. 정말 짜증났다. 왜 하필 이런 타이밍에! 나는 재수도 없지. 쉴 새 없이 달리는 동안 운동화 끈이 풀린 것이다.

자기 운동화 끈에 걸려서 넘어지는 상황은 만화에서나 나오는 건 줄 알았는데 내가 이런 장면을 연출하고 보니 진짜 짜증이 났다. 거기다 땅이 자갈밭이라 더 짜증이 났다.

내 이럴 줄 알았다. 이 자갈밭이 뭔가 할 것 같다싶더니 결국. 아픈 건 생각도 안 하고 빨리 운동화 끈을 묶었다.

첨벙!

어디선가 물에 다이빙하는 소리가 들렸다. 순간 어이없는 생각에 쓴웃음이 났다. 대부분의 어른도 위험할 수 있는 수심에 거기다가 물살까지 센 계곡 상류에 누가 다이빙을 하겠단 말인가. 나는 태평스럽게 실실거리며 일어나려 했다.

그런데 이상했다. 정말로 이 물살 센 계곡 상류에서 누가 다이빙을 하지? 거기다 아까 보니 우리 학교 학생을 포함한 사람은 다섯 명 정도밖에 안 보였는데? 이유를 알 수 없는 불길함에 휩싸여 나는 재빨리 뛰어갔다.

계곡 중간에 있는 바위를 향해 뛰었다. 소희가 있던 쪽이다. 하지만 그곳에 소희가 없었다. 임지영만 있을 뿐이었다.

"야, 임지영. 소희 어딨냐?"

임지영은 대답이 없었다. 손을 포함한 온몸을 부들부들 떨고 있었다.

나는 더더욱 이상한 낌새를 느꼈다. 나도 모르게 임지영을 잡고 흔들었다. 임지영 성격에 분명 말을 해야 하는데 아무 말도 하지 않았다. 흔들렸다 다시 돌아오는 게 귀신이라도 본 오뚝이 같았다.

"야! 빨리 대답해!"

임지영은 손가락을 치켜들더니 앞을 가리켰다. 임지영이 가리키는 대로 앞을 보았다.

나는 눈앞에 펼쳐진 상황을 믿을 수가 없었다. 그리고 생각이 파고들 사이도 없이 인형을 꼭 쥔 채 한 치의 망설임도 없이 앞으로 뛰어들었다.

보낼 수 없는 편지

보낼 수 없는 편지

_ 박주현

소희가,

소희가 내 눈 앞에서 소리치고 있다.

"가람아, 가람아."

를 외치며 내게 도움을 요청하고 있다. 계곡에 있는 바위와 부딪치며 물결에 휩쓸려가고 있다. 바위 사이로 휘돌아 치며 흐르는 급류에 힘없이 쓸려가고 있다. 소희가.

그런데 내 발은 얼어붙은 듯 움직여지지가 않았다. 모든 생각이 정지해버린 건지 발이 천근만근이었다. 놀란 심장이 겨우 숨을 토해 놓을 즈음,

"임지영, 빨리 구급차 불러."

나는 소희를 구하기 위해서 계곡에 뛰어들었다. 소희는 계속해서 살려달라고 울부짖으며 소리쳤다. 나는 엄청난 속도로 소희를 따라갔다.

다행히도 소희는 물에 휩쓸려 내려가다 바위 옆에 뻗어 나온 나뭇가지를 붙잡고 버티고 있었다. 하지만 소희를 지탱해 주기에는 너무 가늘어 보이는 나무였다. 내가 있는 힘껏 팔을 뻗으며,

"소희야! 내 손을 잡아!"

라고 소리쳤다.

소희의 얼음처럼 차가워진 손이 내 손에 와 닿았다.

'이제 살았다.'

하고 안도의 한숨을 내쉬는 순간 큰 물살이 우리를 덮쳤다. 잠깐 숨이 멎은 것 같은 아찔함을 느끼는 순간 소희의 손을 놓쳐버렸다.

소희는 물살에 휩쓸려 떠내려가며 점점 더 내게서 멀어져 갔다. 주변에 휩쓸려 내려오는 나뭇가지로 손을 뻗쳐 보았지만 소용이 없었다.

“가람아, 가람아. 도와줘.”

있는 힘을 다해 소희가 끌려가는 속도를 따라잡기 위해 헤엄을 쳤지만 소희의 목소리가 점점 꿈결같이 희미해져 갔다. 온몸의 힘이 일제히 빠져나가며 내 몸이 붕 뜨는 느낌이었다.

“안 돼, 안 돼. 소희야!!”

하얀 안개 속 예쁜 옷을 입은 한 여자 아이가 나에게 조금씩 다가오고 있었다.

얼굴을 자세히 보려고 나도 서서히 다가갔다. 선홍빛 입술로 밝고, 은은한 미소를 띠고 있는 소희였다. 소희는 천천히 나에게 속삭이듯 말하였다. 나는 그것을 보고 소희를 잡으려고 팔을 마구 뻗으며 가지 말라고 소리쳤다.

“아냐, 가지 마. 소희야, 소희야!”

깜짝 놀라며 번쩍 눈을 뜬 나는 병실에서 벌떡 일어나 주위를 휙 둘러보았다. 나의 친구들이 병실 침대 주위를 둘러싸고 있었고 나를 걱정스러운 눈으로 쳐다보며 다가와 말을 했다.

“가람아, 가람아? 괜찮아?”

“여기가 어디지? 아! 소희는?”

친구들은 아무도 말도 하지 않았다. 불길한 느낌이 들어 온몸에 소름이 돋았다. 그 순간, 내 눈에 들어온 것은 임지영의 손에 있는 갈기갈기 찢어진 인형.

‘설마?’

“아, 맞다. 여기…….”

지영이는 내게 인형을 주면서.

“가람아, 미안해. 나 때문에…… 정말 미안해.”

지영이의 눈이 붉어지면서 눈물을 흘렸다.

“가람아, 미안해……. 나 때문에…… 정말 미안해…….”

지영이는 눈물을 흘리며 뛰쳐나갔다.

내 손에 있는 인형…….

내 눈앞에 있는 인형은 더 이상 귀엽고 예쁜 인형이 아니었다. 속까지 모두

다 찢어져 그 형체를 볼 수 없을 정도로 흉측해져 있는 인형은, 나에게 소희의 아픔을 그대로 전해 주고 있는 것처럼 느껴졌다.

'그럴 수가, 그럴 수가.'

"가람아, 우리는 이제 가볼게."

난 지금 모든 게 원망스럽고 싫었고, 떠나버린 임지영, 그때 그 자리에 없었던 선생님, 그때 그 계곡…… 그것들마저 정말 원망스럽다.

아직 내 마음속에는 그 녀석밖에는 보이지 않았다.

주위를 휙 둘러보았다. 나의 친구들이 병실 침대 주위를 둘러싸고 있었고 나를 걱정스러운 눈으로 쳐다보며 다가와 말을 했다.

하지만 내 가슴속에는 빈자리가 있는 것 같았다. 그때의 난 아무것도 할 수가 없었다. 그래서 나 자신이 가장 원망스러웠다. 그저 갈기갈기 찢어진 인형을 품에 안고 오랫동안 멍하니 눈물만 흘릴 수밖에 없었다.

1년 후

어느 새 난 의젓한 고등학교 1학년이 되었다. 중학교 때는 잘 몰랐던 어머니의 공부하라는 소리, 이젠 그 말씀이 조금 이해된다.

"가람아! 우리 더운데 수업 끝나고 아이스크림 먹으러 가자!"

"아니, 난 됐어. 너희나 가."

일부러 발걸음을 천천히 하여 아이들과 좀 멀리 뒤떨어져 걸어간다. 이렇게 무더운 날에는 공부도, 노는 것도 아무것도 하기 싫어진다. 그러니 시원한 것을 먹고 싶은 것은 당연했다.

그런데 시원한 것을 생각하면 그 계곡의 기억이 함께 되살아온다.

"아, 소희야……."

마음속으로 불러본다.

"김 가람!"

부르는 소리에 얼른 손으로 눈물을 훔치며 뒤를 돌아보았다. 선미가 숨을 몰아쉬며 뛰어 왔다.

"…… 뚝 떨어져서 뭐 하는 거냐?"

"음, 아니 그냥."

선미가 벌게진 내 눈을 보고 이렇게 말한다.

"네가 아직도 그 애를 좋아하고 있는 건 나도 알아. 하지만 이제 소희를 그만 놓아줘."

그러고 보니 소희와 선미는 많이 닮은 것 같다.

"하지만, 소희는…….."

"소희는 네 잘못이 아니야. 소희도 네가 행복하길 바랄 거야. 힘 내."

하면서 선미는 내 등을 토닥여주었다.

집으로 돌아온 나는 보고 싶은 소희에게 편지를 썼다.

To. 소희

소희야 안녕? 오랜만이다.

소희, 네가 정말 보고 싶다.

난 아직도 네가 여기 없다는 사실이 믿어지질 않아. 내가 괜히 네게 인형을 선물해서 그런 일이 생긴 것만 같아 얼마나 후회를 했는지 몰라.

하지만 이제 널 보낼게.

내 마음속에 오래오래 아픔으로만 널 기억하는 게 결코 너를 위한 일이 아니란 생각이 들어서 말이야.

행복하지?

부디 그곳에선 행복하길 바래.

From. 가람

하늘에 있는 소희를 그리워하며 흐르는 눈물이 두 볼을 적시고 있다.

평소 시같이 짧은 글을 쓰는 것은 시간이 그리 오래 걸리지 않아서 좋아했다. 하지만 이번에 쓰는 것은 시가 아니라 소설이었다.

소설, 그 자체로도 나에게는 조금 막막했었다. 소재에도 어려움이 있었고 분량에도 어려움이 있었지만 소설을 쓰면서 글쓰는 것에 대한 재미를 많이 느꼈던 것 같다. 큰 것에 대한 도전이랄까 어렵게만 느껴졌던 소설이 해보니 재미있다는 것이다. 글쓰는 것이 나의 정서에도 많은 도움이 되었었다. 내가 그 인물이 되어서 생각을 해보고 그 인물을 내가 만든다는 것이 새롭고 풍부한 경험이었다. 소설을 쓸 때 다른 부분을 쓰는 친구들과도 의논하고 생각을 나눌 수 있어서 좋았다. 소설을 어렵게만 생각 하지 말고 한번 써보면서 즐기면 좋을 것이다.

– 박중현

'호랑이는 죽어서 가죽을 남기고, 사람은 죽어서 이름을 남긴다.' 즉, 살아 있는 생명체는 어떤 것이라도 자신이 해놓은 업적을 남긴다는 이야기이다. 물론 죽어서야 하는 일이지만, 나는 중학교 삶을 살아오며 별로 이렇다 할 만한 유산들을 남긴 적이 없는 것 같다. 그리하여 나는 책쓰기부에 들어와서 소설책이라는 나의 첫 번째 유산을 남기기로 하였다.

동아리 활동을 하면서 갖가지 시행착오가 있었지만, 결국엔 이렇게 편집 후기를 쓰게 될 정도까지 오게 되었다. 나 스스로는 매우 힘들었을 일, 그 일마저도 나는 내 후배들과 같이 헤쳐 나갔다. 그들에게 매우 고맙게 생각하고 있다. 학생으로서는 다시는 이런 활동이, 어쩌면 살아가면서 다시는 못할 일일지도 모르지만, 1년 동안 내가 보여주었던 활동들은 추억 속에 남아, 그 추억들을 가지고 나는 성장할 것이다.

- 이창환

책쓰기를 처음 해본 나에게 주어진 역할은 위기 부분이었다. 처음 위기부분을 맡을 때는 쉬울 것 같았지만 막상 해보니 만만치 않았다. 내가 해야 할 일은 전개와 절정 부분을 잇는 것이었는데 책쓰기를 처음 해봤던지라 매끄럽게 잇기가 힘들었다. 도중에 포기하고 싶었던 순간도 있었지만 이미 써놓았던 글이 너무 아까워서 포기할 수 없었다.

결국 나는 끈기를 갖고 열심히 글을 썼고, 이렇게 글을 다 쓰게 되었다. 비록 기쁜 순간보다 포기하고 싶었던 순간이 더 많았지만 책을 다 쓰는 그 순간의 기쁨은 말로 표현할 수 없었다. 다음에도 책쓰기반에 들어올 수 있는 영광이 있다면 나는 기꺼이 그 영광을 받아들이고 싶다.

- 홍승헌

사람은 누구나 자유를 원한다. 어릴 때부터 부모님의 말을 들으며 자라는 시간은 우리나라의 경우에 20년 정도이다. 생각이 있는 사람이 부모님의 간섭을 받으며 20년간 있어야 한다면 자유를 바랄 만하다.

15살인 나는 최근 들어 계속 반항심이 생기고 있다. 하루 일과가 거의 공부만 하는 상황에 특히 시험기간은 더더욱 그러했다. 꼭 공부만 하는 기계 같았다.

하지만 창의적 체험시간에 기술 선생님의 말을 듣고 생각이 달라졌다. 바로 '아이슬란드' 라는 나라에 대한 이야기였다. '아이슬란드는 고1, 2쯤에 공부를 하는 것이 아니라 학교도 나오지 않고 놀면서 자신의 적성을 찾습니다. 그 후 고3 수능을 칠 중요한 나이에 그들은 적성을 발견하고 꿈을 키우기 위해 노력하죠.'
따라갈 필요가 없었다. 하루하루 따라가는 반복적 일상을 그대로 유지해야 한다는 틀에 박힌 생각 때문이었다. 그냥 성적에 신경 쓸 필요 없이 시간이 나는 대로 못해 본 일이나 흥미 있는 일을 하면 그만이었다.
사람에게 자유권이 있어도 완전한 자유란 이 세상에 없다. 그러나 그 자유 속에서 또 다른 나만의 자유를 만드는 것, 그것이 내가 원하는 삶의 시작이고
지금! 그 시작의 일부가 바로 책쓰기라고 할 수 있다.

– 정순용

15세는 사춘기의 시작이다.
예민하고 화내고 짜증내고…….
이 알 수 없는 증상과 함께 나는 책쓰기를 시작했다.
나는 이 소설을 쓸 때 할 수 있을까?
라는 생각도 해보고 서툴고 힘들어 포기하고 싶기도 했다. 하지만 배현주 선생님, 최혜령 선생님의 지도 끝에 책쓰기에 성공한 나는 믿기지 않을 만큼 기쁘고 뿌듯하다.
또 함께 소설을 쓴 창환이 형은 이제 고등학교에 간다.
이 책은 형과의 마지막 추억인 것이다.
형! 정말 고마웠고 고등학생 되어서도 친하게 지내요.
선생님들 감사합니다.
중현이, 승원이, 순용이 모두 고맙다.

– 박주현